Paul Heyse

Jungfer Justine - Schauspiel in vier Akten

Paul Heyse

Jungfer Justine - Schauspiel in vier Akten

ISBN/EAN: 9783743643871

Hergestellt in Europa, USA, Kanada, Australien, Japan

Cover: Foto ©Andreas Hilbeck / pixelio.de

Weitere Bücher finden Sie auf **www.hansebooks.com**

Im Verlage von **Wilhelm Hertz** (Bessersche Buchhandlung) Behrenstraße 17 in Berlin, erschienen u. a. nachfolgende

Dramatische Werke von Paul Heyse:

Elisabeth Charlotte. Schauspiel in fünf Akten. (Der dramatischen Dichtungen Erstes Bändchen.) 8. geh. 2 M. 60 Pf.

Maria Moroni. Trauerspiel in fünf Akten. (Der dramatischen Dichtungen Zweites Bändchen.) 8. geh. 2 M. 60 Pf.

Hadrian. Tragödie in fünf Akten. (Der dramatischen Dichtungen Drittes Bändchen.) 8. geh. 2 M. 60 Pf.

Hans Lange. Schauspiel in fünf Akten. 2. Aufl. (Der dramatischen Dichtungen Viertes Bändchen.) 8. geh. 2 M. 60 Pf.

Colberg. Historisches Schauspiel in fünf Akten. 2. Aufl. (Der dramatischen Dichtungen Fünftes Bändchen.) 8. geh. 2 M. 60 Pf.

Die Göttin der Vernunft. Trauerspiel in fünf Akten. (Der dramatischen Dichtungen Sechstes Bändchen.) 8. geh. 2 M. 60 Pf.

Ehre um Ehre. Schauspiel in fünf Akten. Der dramatischen Dichtungen Siebentes Bändchen.) 8. geh. 2 M. 60 Pf.

Graf Königsmark. Trauerspiel in fünf Akten. (Der dramatischen Dichtungen Achtes Bändchen.) 8. geh. 2 M. 60 Pf.

Elfride. Trauerspiel in fünf Akten. (Der dramatischen Dichtungen Neuntes Bändchen.) 8. geh. 2 M. 60 Pf.

Die Weiber von Schorndorf. Historisches Schauspiel in vier Akten. (Der dramatischen Dichtungen Zehntes Bändchen.) 8. geh. 2 M. 60 Pf.

Das Recht des Stärkeren. Schauspiel in drei Akten. (Der dramatischen Dichtungen Elftes Bändchen.) 8. geh. 2 M. 60 Pf.

Alkibiades. Trauerspiel in drei Akten. (Der dramatischen Dichtungen Zwölftes Bändchen.) 8. geh. 2 M. 60 Pf.

Don Juan's Ende. Trauerspiel in fünf Akten. (Der dramatischen Dichtungen Dreizehntes Bändchen.) 8. geh. 2 M. 60 Pf.

Drei einaktige Trauerspiele und ein Lustspiel. (Der dramatischen Dichtungen Vierzehntes Bändchen.) 8. geh. 2 M. 60 Pf.

Getrennte Welten. Schauspiel in vier Akten. (Der dramatischen Dichtungen Fünfzehntes Bändchen.) 8. geh. 2 M. 60 Pf.

Die Hochzeit auf dem Aventin. Trauerspiel in fünf Akten. (Der dramatischen Dichtungen Sechzehntes Bändchen.) 8. geh. 2 M. 60 Pf.

Die Weisheit Salomo's. Schauspiel in fünf Akten. (Der dramatischen Dichtungen Siebzehntes Bändchen.) 8. geh. 2 M. 60 Pf.

Gott schütze mich vor meinen Freunden. Lustspiel in drei Akten. (Der dramatischen Dichtungen Achtzehntes Bändchen.) 8. geh. 2 M. 60 Pf.

Prinzessin Sascha. Schauspiel in vier Akten. (Der dramatischen Dichtungen Neunzehntes Bändchen.) 8. geh. 2 M. 60 Pf.

Weltuntergang. Volksschauspiel in fünf Akten. (Der dramatischen Dichtungen Zwanzigstes Bändchen.) 8. geh. 2 M. 60 Pf.

Kleine Dramen. 2 Bde. (Der dramatischen Dichtungen Ein- und Zweiundzwanzigstes Bändchen.) 8. Jedes geh. 2 M. 60 Pf.

Ein überflüssiger Mensch. Schauspiel in vier Akten. (Der dramatischen Dichtungen Dreiundzwanzigstes Bändchen.) 8. geh. 2 M. 60 Pf.

Die schlimmen Brüder. Schauspiel in vier Akten und einem Vorspiel. (Der dramatischen Dichtungen Vierundzwanzigstes Bändchen.) 8. geh. 2 M. 60 Pf.

Wahrheit? Schauspiel in drei Akten. (Der dramatischen Dichtungen Fünfundzwanzigstes Bändchen.) 8. geh. 2 M. 60 Pf.

Ein unbeschriebenes Blatt. Lustspiel in vier Akten. (Der dramatischen Dichtungen Sechsundzwanzigstes Bändchen.) 8. geh. 2 M. 60 Pf.

Jungfer Justine. Schauspiel in vier Akten. (Der dramatischen Dichtungen Siebenundzwanzigstes Bändchen.) 8. geh. 2 M. 60 Pf.

Dramatische Dichtungen

von

Paul Heyse.

Siebenundzwanzigstes Bändchen:

Jungfer Justine.

Berlin.
Verlag von Wilhelm Hertz
(Besser'sche Buchhandlung).
1893.

Jungfer Justine.

Schauspiel in vier Akten

von

Paul Heyse.

(1892.)

Berlin.

Verlag von Wilhelm Hertz
(Besserſche Buchhandlung).

1893.

Das Recht, die Erlaubniß zur öffentlichen Aufführung zu ertheilen, habe ich mir in Gemäßheit des Bundesbeschlusses vom 12. März 1857 vorbehalten.

Paul Heyse.

Buchdruckerei von Gustav Schade (Otto Francke) Berlin N.

Personen.

Friedrich II., König von Preußen.
Generallieutnant von Zieten.
Lieutnant von Marwitz.
Steuerrath Ellinger.
Marianne, seine Tochter.
Justine, Haushälterin bei Ellinger.
Dietrich, Dresdener Bürger.
Dörte, Magd bei Ellinger.
Graf Ludowski.
Ein Cornet.
Ein Dragonerunteroffizier.
Ein Unteroffizier von den Garde-Grenadieren.
Ein Gefreiter.
Eine Marketenderin.
Soldaten.

Ort der Handlung: im 1., 2. und 4. Akt im Hause Ellinger's, im 3. Akt Lager bei Hochkirch.

Zeit: October 1758.

Erster Akt.

Zimmer bei Rath Ellinger. Thüren rechts, links und in der Mitte. Vorn rechts ein Fenster in einer tiefen Nische, auf einem Antritt ein Großvaterstuhl, davor ein Nähtisch, darüber ein Vogelbauer. Links gegenüber ein schmales, mit Kattun überzogenes Sopha, davor ein Tisch. Alterthümliche bürgerliche Einrichtung.

Erste Scene.

Justine (auf dem Stuhl am Fenster, dem Zuschauer zugekehrt, siebzigjährig, in einer großen Haube und dunkler Kleidung. Mitten im Zimmer) Dietrich (auf einem Holzstuhl, im Begriff ihre Silhouette zu schneiden; kleine Stutzperrücke, brauner Anzug mit Kniehosen und schwarzen Strümpfen. Am Tisch sitzt) Cornet von Borck (trinkt Kaffee. Eine große Stolle steht vor ihm, eine Flasche mit Schnaps daneben. — Vormittag.)

Justine.
Wie ist's, Gevatter? Seid Ihr nicht bald fertig?
Dem Herrn Cornet pressirt's.

Dietrich.
     Geduld! Nur noch
Zwei winz'ge Augenblickchen, werthe Jungfer
Gevattrin. Bin am Kinn schon. Eu'r Gesicht
Ist schwer, weeß Gott!

Justine.
I was nicht gar! Die alte
Verschrumpelte Visage!
(zum Cornet) Na, mein Sohn,
Laß dir's indeß man schmecken. Du mußt wissen,
Ich bin all siebzig. So vor funfzig Jahren,
Da hätt' sich's eh' gelohnt, mich auszuschneiden,
Doch dazumalen nicht in schwarz Papier,
Da hatt' ich rothe Backen. Na, jetzt geht's
In Einem hin. Schönheit vergeht und Tugend
Besteht, und mein Herr Junker, der Gen'ral
Hans Joachim von Zieten — sitz' ich recht so,
Gevatter?
Dietrich.
Nur ein Spürchen mehr nach links.
Justine.
Ja, was ich sagen wollte: mein Herr Junker,
Er war drei Jahr alt, wie ich zu ihm kam,
In Dienst bei seiner gnädigen Frau Mutter;
Ich bin ja auch 'ne Preußin und aus Wustrau.
Ganz klein und spillrig war er dazumal,
Obzwar 'ne muntre Krabbe. Na, ich selbst
Kaum funfzehn war ich, aber forsch und fest,
Schon confirmirt und hatte meinen hellen
Verstand im Kopp, den braucht' ich manchesmal,
Wenn mir der Knirps, der Junker — denn er war
Ein hitz'ger Bengel — nicht pariren wollte.
Ich aber ward ihm Meister, na und gab
Ihm manchen dücht'gen Klaps. Der Herr Gen'ral,
Wie vor zwei Jahren er mich hier besuchte —
Justine, sagt' er, weißt du wohl — und lachte
Dabei wie'n Kobold — hab's von dir gelernt,
Wie man unnütze Buben klopfen muß.

Wenn ich dem Feind so auf den Hacken sitze,
Da mach' ich's grad wie du, wenn ich als Junge
Was ausgefressen hatt' und witschte fort,
Du aber saus'test mir wie's Wetter nach
Und kriegtst mich beim Schlafittchen, na und dann —
Gott gnade meinem armen Hintertheil!
Das sagt' er lachend. Aber ich — mir ward
Ganz schwül, zu denken, daß ich mal die Hand
Erhoben gegen solchen großen Herrn
Und hochberühmten Kriegshelb.

Cornet.

Ei, Ihr seid
Gar sehr bei ihm in Gunsten, Mütterchen.
Er band mir's auf die Seele, wie ich gestern
Mit den Depeschen her nach Dresden mußte,
Euch aufzusuchen, und der Schattenriß
Wird ihn gewiß erfreun!

Justine
(gerührt mit dem Kopf nickend).

Ja ja, mein Junker!
Der hat das Herz stets auf dem rechten Fleck.
Nur Einmal hat er's doch nicht gut gemacht.

Dietrich.

Wie so, Gevattrin?

Justine.

Wie er mich besuchte
Das letzte Mal — ich hätt' mir so viel Ehre
Nicht träumen lassen, — bin doch nur man bloß
Ein Bauernkind und er ein großer Herr —
Ich stellt' mich wohl ein bisken närrisch an.

Na, er hat bloß gelacht und mir die Backen
Geklopft und Spaß gemacht, und wie er wegging,
Weiß Gott, er hat mir einen Kuß gegeben.
Doch hinterher, was meinst du? Hier im Korb
Bei meinem Strickzeug, in Papier gewickelt
Dreißig Ducaten find' ich, und ich denke,
Mich trifft der Schlag. Nee nee, das war nicht schön!
Der Kuß allein, der war mir hundert werth,
Das Geld konnt' er sich sparen.

Cornet.

          Nu, er meinte,
Ihr solltet Euch dafür 'ne Güte thun.
Der Herr Gen'ral hat eine offne Hand.

Justine.

Nee, nee, ich brauch's ja nicht. Bin hier im Haus
Bei dem Herrn Rath all sechsundzwanzig Jahr,
Da geht mir gar Nichts ab. Wie ich von Wustrau
Hierher verzogen bin, das ging curios.
Ein junger Kaufmann hier aus Dresden sprach
Mal bei den Zietens in Geschäften vor.
Da sah er mich und hat mich heuern wollen,
Erst aber sollt' mich seine Mutter sehn,
So kam ich her nach Sachsen.
(Der Cornet steht auf.)
          Die Geschichte
Ist gleich zu End', mein Sohn, Gott sei's geklagt.
Denn kaum war ich zur Brautschau hergereis't,
Da starb mein Bräutigam, ein feiner Mensch,
'ne Seele von 'nem Menschen. Na, da blieb ich
Zehn Jahr' bei seiner Mutter. Als ich die
Zu Tod gepflegt, nahm mich der Rath in Dienst,

Weil die Frau Räthin just in Wochen kam
Mit ihrem ersten Kind. Mariannefen
Ist erst die Sechst' und Letzte. All die andern
Sind leider bald gestorben. Doch die Jüngste
Hab' ich mit Gottes Hülfe großgezogen.
(steht auf.)
Nu aber hab' ich's satt, Gevatter Dietrich.
Ihr schnitzelt doch kein Engelsbild aus mir.
(sieht den Schattenriß an, den er ihr hinreicht.)
Was? Wie 'ne richt'ge Hexe seh' ich aus?
Da lohnt's der Müh', so lange stillzusitzen.
Na, meinthalb bring's dem Herrn Gen'ral, mein Sohn.
Er weiß ja doch: ganz wie dem Teufel seine
Großmutter sieht Justine noch nicht aus.
Und wart, ich geb' dir noch was Andres mit.
(geht rasch nach rechts ab.)

Zweite Scene.

Dietrich. Der Cornet.

Dietrich
(die Silhouette in ein Papier wickelnd).

Da seht, mein Gutester, die Besten selbst,
Sind sie so alt schon wie Methusalem,
Man soll sie noch adrett und niedlich machen.
Na, übergebt's dem Herrn Gen'ral und sagt ihm,
Daß mir's 'ne ganz besondre Ehre war,
Ein Pröbchen meiner Kunst ihm darzubringen.

Cornet.
Kennt Ihr den Herrn Gen'ral?

Dietrich.

Nur so vom Sehn.
Doch ob ich auch ein Mann des Friedens bin,
Verehr' ich doch die ruhmbekränzte Schaar
Der Helden, die der große Preußenkönig
Von Sieg zu Siegen führt.

Cornet.

Da seid Ihr freilich
Ein weißer Rabe hier in Sachsen.

Dietrich.

Freilich,
Mein Gutester, und hab's auch büßen müssen.
Schon seit Urzeiten war ein Dietrich immer
In Dresden Hofconditor, müßt Ihr wissen.
Nu wollt' ich eigentlich ein Künstler werden,
Doch ging's nicht an, mein väterlich Geschäft
Mußt' ich betreiben, und so übt' ich mich
Im Zeichnen und im Bosseln zum Pläsir
So nebenher. Wie König Friedrich nun
So heldenmäßig seinen Lauf begann,
Hier aber war's ein sündhaft Regiment
Und Lotterleben — na Ihr wißt — Graf Brühl
Ist weltbekannt — da stellt' ich einen Tempel
Des Ruhms, gar zierlich aus Tragant geformt,
Einmal ans Fenster, auf dem Altar drinnen
'nen Genius, der 'ne Tafel hielt, darauf
Ein F und R — Friedricus Rex. Natürlich
Ward ich bei Hof mißliebig, und das Schild
Als Hoflief'rant ward mir sofort entzogen.
Was kümmert's mich? Jetzt bei den schlechten Zeiten
Kommt kein Conditor auf 'nen grünen Zweig.

Denn wer ißt Kuchen, wo das Brod schon knapp?
Nun darf ich Taglang Schattenrisse schreiben
Und Tempel kleistern. Doch mein höchster Wunsch
Wär', einmal nach dem Leben Euren König
Zu conterfeyn. Was meint Ihr, dürft' ich hoffen?
Nur zehn Minuten braucht' ich —

Dritte Scene.
Vorige. Justine (tritt wieder ein, mit einem Packet).

Justine.
Hier, mein Sohn!
Bring das dem Herrn Gen'ral. Sind sechs Paar Socken
Und eine warme wollne Unterjacke.
Von klein auf hat er nie sich recht geschont,
Und jetzt im Feld, da wir October schreiben,
Wenn wochenlang er in kein Bette kommt —
Wie soll er die Gesundheit conserviren?

Cornet.
Ihr seid sehr gut. Er dankt es Euch gewiß.

Justine.
Sag ihm, ich hätt' von seinem vielen Geld
'nen ganzen Haufen Wolle angeschafft,
Die würd' ich nach und nach für ihn verstricken.
Und eine Flasche alten Kirschengeist —
Ich zog ihn selber ab — that ich dazu.
Der hält ihm Leib und Seele warm.

Cornet.
Will's pünktlich
Besorgen. Na adjes! (grüßt militärisch.)

Justine.
 Gott sei mit dir,
Mein Sohn. Und halt! nimm nur das Restchen dort
Für dich noch mit. Wirst's auch wohl brauchen können.
(steckt ihm die Flasche vom Tisch in die Tasche.)

Cornet.
Von Herzen Dank! Werd' Eure Güte nie
Vergessen, Mütterchen.
 Justine.
  's war gern geschehn.
(Cornet ab durch die Mitte.)

Vierte Scene.
Justine. Dietrich.

Justine (ihm nachblickend).
Ein fixes Jüngelchen! Ach Gott, wer weiß,
Ob Der's erlebt, daß ihm ein Schnurrbart wächs't!
Der grausam wilde Krieg!
 Dietrich.
  Ei ja, Gevattrin.
Doch wär' kein Krieg, könnt's auch nicht Helden geben,
Wie Euer Junker und der große Fritz.
Wär' ich nicht bei dem Naschwerk aufgewachsen —
Herr Gott von Strambach! Das verfluchte Zeug
Hat mir das Blut versüßt, nichts ist an mir
Von Stahl, als meine Scheere.
 Justine.
  Na, die schneidet
Auch manchmal mörderlich.

Dietrich.
Jungfer Gevattrin,
Mit Permission, davon versteht Ihr Nichts.
Was in 'nem Menschen steckt, bringt die ans Licht.

Justine.
Ein schönes Licht — kohlschwarz!

Dietrich.
Denn Jedermann
Trägt seinen innern Steckbrief im Gesicht
In seiner Nase.

Justine.
Was Ihr schnackt! Mein Junker
Hat eine Nase, mit Respect zu sagen,
Wie eine aufgeweichte Backebeere,
Und ist doch, der er ist.

Dietrich.
Die Nase muß
Nicht schön sein, wenn sie nur, was man so sagt,
Charakter hat. Da zum Exempel ist
Graf Brühl. Die Weiber sind wie toll nach ihm;
Ein schöner Mann und eine schöne Nase.
Doch hat sie auch Charakter? Nicht für'n Pfennig.
Verschwendernase, Weichlingsriechorgan,
Nach Trüffeln schnüffelnd oder Rosenöl
Und rümpft sich ekel, wenn sie Pulver riecht.
Da seht mal Eures Königs Nas' Euch an.
Die streckt sich fest und stark und gottesfürchtig
Wie'n Königsscepter oder schlankes Schwert,
Daß Jeder sieht, die biegt vom Ziel nicht ab,
So wenig wie der Herrscher, der sie trägt,
Und auf die Nase kann man sich verlassen.

Justine.
'S ist ja mein König, bin auch stolz auf ihn.
Doch mußt' er auch mit Krieg das arme Sachsen,
Was meine zweite Heimath, überziehn?
Das kann ich ihm mein Lebtag nicht verzeihn.

Dietrich.
Ihr seid 'ne Zierde des Geschlechts, Gevattrin,
Doch in der Politik, mit Eurer güt'gen
Erlaubniß, dumm wie'n neugebornes Kind.
Denn seht —

Fünfte Scene.
Vorige. Marwitz und Marianne.

Marianne
(stürzt herein, fällt der Alten um den Hals).
O, Mütterchen Justine —

Justine.
       Kindchen,
Marianneken — Herr Lieutnant —

Marwitz.
       Liebe Jungfer,
Wir kommen —
  (sieht auf Dietrich, verstummt.)

Justine (begreift die Lage).
  Na, Gevatter, wie gesagt —
Die Politik — 's ist 'ne vertrackte Sache,
Die kriegen wir so bald nicht klein, und morgen
Ist auch ein Tag.

Dietrich.

Empfehl' mich allerseits.
(für sich, im Abgehn)
Hm! hm! Was da passirt ist, sieht man leichtlich
Den beiden Leutchen an der Nase an.
(ab durch die Mitte.)

Sechste Scene.
Vorige (ohne Dietrich).

Justine.
Nu aber sage, Kindchen —

Marianne.
Mütterchen,
Du weißt's ja — und da ist auch Er! O Gott,
Mir ist das Herz so voll, so bang, so selig!
(gleitet neben der Alten auf einen Stuhl, faßt ihre Hand.)

Justine.
Wird der Herr Lieutnant mir wohl Rede stehn?

Marwitz.
O liebe, theure alte Freundin —

Justine.
Nee,
Das bin ich gar nicht, Eure Freundin nicht;
Denn wie Ihr Euch bei uns hier aufgeführt —

Marianne.
Ach Mütterchen, er kann ja nichts dafür,
Daß ihm mein Herz gehört!

Justine.
                    Kann nichts dafür?
Na freilich, dafür kann er nichts. Auch das
Ist keine Sünde, so ein junges Ding
Nach seinem Gusto und Geschmack zu finden,
Zumal, wenn's Samariterdienste thut
An dem blessirten Feind. Doch soll der Mensch
Vernunft auch brauchen, nichts in Kopf sich setzen,
Was nie zu keinem guten Ende kommt.
Sagt' ich's nicht dem Herrn Lieutnant klipp und klar,
Nie würde mein Herr Rath sein einzig Kind
'nem Preußen geben? Hat mir der Herr Lieutnant
Nicht heilig angelobt, den Mund zu halten,
Als vor acht Tagen er das Haus verließ,
Und jetzt —

            Marwitz.
        O Mütterchen Justine —

            Justine.
                            Nee,
Er schmeichelt mir Nichts ab!

            Marianne.
                        Hör ihn nur an!

            Marwitz.
Ja, liebe Mutter — denn Ihr wart's ja stets
Für mein geliebtes Mädchen, — so auch hab' ich
Euch stets verehrt, Euch bis zuletzt gehorcht
Und dieses Haus verlassen, ohn' ein Wort
Zu sprechen, das zwei Herzen ewig bindet.
Acht Tage mußt' ich noch auf Ordre warten,
Ob ich zu meinem Regimente stoßen,
Ob hier in Dresden bleiben sollt'. Und gestern

Kam der Befehl, ich solle fort, und gestern,
Wie ich voll Schwermuth durch den Zwinger gehe,
Begegn' ich — (stockt.)

Justine (nicht mit dem Kopf).
Darum also kam das Kind
So wirr und wild nach Haus und war kein Wort
Aus ihr herauszubringen!

Marwitz.
Auf der Straße
Hab' ich mir nicht getraut, sie anzureden.
Mit stummem Gruß ging ich vorbei. — Doch sie —

Marianne.
Ich meint', das Herz im Leib müßt' mir zerspringen.

Marwitz.
Sie war so todtenbleich, so sterbenstraurig,
Sie, die sonst lauter Lust und Leben war.
Da in der Nacht, als ich den Schlaf nicht fand,
Da ging mir's auf: als Ehrenmann bist du
Verpflichtet, deines heiligsten Gefühls
Kein Hehl zu haben, komme, was da mag!
Und wenn ihr Vater unerbittlich bleibt,
Sie wenigstens soll wissen, daß in Noth
Und Tod ihr Bild mir vor der Seele schwebt,
Und daß mein letzter Seufzer ihr gehört,
Ist mir's bestimmt im Kampf zu fallen.

Justine.
Hm!
Das klingt recht wacker und erbärmlich. Doch
Wie ich ihn kenne, wird das den Herrn Rath
Nicht andern Sinnes machen.

Marianne (ist aufgesprungen).

O Justine,
Du mußt uns helfen. Auf dich hört er ja.
Ach, Mütterchen, wir hoffen ja nicht viel.
Wir wissen, weil der Krieg noch dauert, kann
Kein Glück uns blühn. Doch einst wird Friede werden,
Der bringt auch Sachsen seinen Herrn zurück
Und stillt den Haß und heilt die alten Wunden.
Und wenn mein Wilhelm heut den Vater fragt,
Ob er ihm dann die Tochter geben wolle,
Was glaubst du daß er dann erwidern werde?

Siebente Scene.

Vorige. Ellinger (ist schon während Marianne's Rede durch die Thüre links eingetreten, tritt jetzt rasch vor).

Ellinger.
Daß er die einz'ge Tochter nie und nimmer
Dem Mann vermählen wird, der um sie warb
Als Landesfeind.

Marianne.
O Vater!

Justine.
Stille, Kind!
(Pause.)

Ellinger.
Daß meine Tochter hinter meinem Rücken
Zum Feinde sich verirrt — schwer trifft's mein Herz.
Doch angesehn die Schwäche des Geschlechts,
Kann ich's verzeihn. Daß aber Sie, Herr Lieutnant,
Der Gastfreundschaft in diesem Haus genoß —

Marwitz.
Erwägen Sie, Herr Rath —

Ellinger (heftig).
O ich erwäge,
Daß der Erobrer seine Macht gebraucht
Und Beute macht nach Willkür und Gelüst.
Doch daß der Schwächre, Vergewaltigte
Zur Wehr sich setzt zum letzten Athemzug,
Wenn man das beste Kleinod seines Hauses
Antastet — (Die Stimme versagt ihm.)

Justine.
Mein Herr Rath —

Ellinger.
Ihr schweigt, Justine!
Mit Euch hab' ich hernach ein Wort zu reden.

Marwitz.
Sie haben, mein Herr Rath, mit Güte hier
Mich aufgenommen —

Ellinger.
Nein, nur widerwillig!
Die Lazarethe waren voll, mein Haus
Von Eincuartierungslasten nicht befreit.

Marwitz.
O, mein Herr Rath, verkleinern Sie nicht selbst,
Was Sie an mir gethan. Sie gaben mir
So manches Zeichen gütig edlen Sinns,

Ja, auch der Achtung. Ewig lebt in mir
Das Dankgefühl. Und das soll Alles nun
Nichts Ihnen gelten, nur des Haders wegen,
Der unsre Fürsten trennt?

Ellinger (milder).

Herr Lieutenant,
Als Mann von Ehre glaubt' ich Sie zu kennen,
Und doch, Ehrloses muthen Sie mir zu?
Litt' ich nicht Schaden an der eignen Ehre,
Wenn ich, ein Diener meines Landesherrn,
Dem, der dem Feinde meines Königs dient,
Das Theuerste, das mir der Himmel gab,
Auslieferte mit freiem Willen? Nie
Versteh' ich mich zu solcher Schmach, so wenig
Mein Fürst gutwillig in die Hand des Räubers
Jemals die seine legt.

Marwitz (aufbrausend).

Die Hand des Räubers?
Mein König wär' als Räuber hier ins Land
Gefallen, nicht aus Nothwehr, da die Feinde
Ihn rings umstellten, wie im Kesseltreiben
Den Eber, und zuerst hervorzubrechen
Die Pflicht der Selbsterhaltung ihm gebot?
Der Welt bekannt ist seine gute Sache,
Seit die geheimen Pläne zwischen Sachsen,
Rußland und Oesterreich ans Licht gekommen.

Ellinger.

Ja, durch Verrath, erkauften Treubruch feiler
Beamten! Sehr des Helden würdig!

Marwitz.

Noth
Bricht Eisen und auch Schlösser im Archiv.
Doch bot mein König Ihrem Fürsten nicht
Trotzdem ein Bündniß an, und erst, da dieser
Entwichen in sein polnisch Königreich,
Nahm Friedrich das verwais'te Land in Pfand
Mit aller Schonung?

Ellinger (bitter).

Eine Schonung, die
Der edlen Kurfürstin das Herz gebrochen!

Marwitz.

War sie die Seele nicht des Widerstands?
Und doch — ist Friedrich ihr nicht ehrfurchtsvoll
Begegnet? Ward im ganzen Land ein Dorf
Verbrannt, ein Haus, ein Schatzgewölb geplündert?
Und wenn des Krieges Furie die Gemüther
Erhitzt und die Gedankenlosen aufreizt
Zu blindem Haß — ein reifer, edler Geist,
Wie Sie, Herr Rath —

Ellinger.
Genug!

Marwitz.

Nein, mein Herr Rath,
Noch kann ich nicht verstummen. Was begehr' ich
So Unerhörtes? Will ich, da der Krieg
Noch währt, in seine ungewissen Schrecken
Ein junges Weib fortreißen? Das sei fern!
Nur eines einst'gen Glückes mich versichern,

Nur hoffen dürfen, daß es mir vergönnt,
Wenn die entzweiten Bruderstämme sich
Versöhnt die Hände reichen, vor den Vater
Zu treten, bittend: O vertraun Sie mir
Ihr bestes Gut; ich will's in Ehren halten.
O nehmen Sie mich an zu Ihrem Sohn!
(Pause.

Marianne (halblaut).
Vater! O sein Sie gütig!

Ellinger
(entschieden, doch nicht mehr gereizt).
Sparen Sie
Ein jedes weitre Wort. Sie ändern Nichts
An meinem Willen. Wohl beklag' ich es,
Doch höh're Mächte stemmen sich dagegen,
Und unerschütterlich steht mein Entschluß.

Marwitz.
So — leben Sie denn wohl! (wendet sich ab.)

Marianne (aufschreiend).
Vater!
Ellinger.
Mein Kind
Weiß, einen Herzenswunsch ihr zu versagen,
Wird mir nicht leicht. Sie aber, mein Herr Lieutnant,
Da wir für immer scheiden, nehmen Sie
Die Anerkennung mit hinweg, daß ich
Die Pflicht bedaure, die mich Ihnen feindlich
Gegenüberstellt.
Marwitz.
Dank für dies Wort! Und nun —

Marianne
(wirft sich an seine Brust).
Lebwohl! Und sollt' es denn auf ewig sein,
Nie wird ein andrer Mann —

Ellinger (mit Nachdruck).
Kein frevelhaft
Voreilig bindend Wort!

Marwitz.
Lebwohl, mein Leben!
Die Macht, die Weltgeschicke lenkt, sie kann
Auch Herzen lenken. (eilig ab.)

Achte Scene.
Vorige (ohne Marwitz).

Marianne (will ihm nach).
Wilhelm!

Justine (hält sie).
Stille, Kind!

Marianne.
O Mütterchen, mein Herz geht ja mit ihm! (drückt ihr Gesicht weinend gegen die Brust der Alten.)

Ellinger
(durchmißt finster das Zimmer, bleibt dann vor den Beiden stehn).
Ich hoffe, meine Tochter wird erkennen,
Was sie mir schuldig ist — und sich. Die Sache
Muß abgethan sein, ein für allemal.

Marianne
(richtet sich auf, faßt sich, sieht den Vater mit stillem, aber festem Blicke an).
Vater, Sie wissen, immer war ich Ihr
Gehorsam Kind. Auch jetzt vergess' ich nicht,

Was meine Pflicht. Doch daß ich ein Gefühl,
Das mir der Himmel selbst ins Herz gelegt,
Nicht drin erstick' als einen sünd'gen Trieb,
Nein, fromm und treu und dankbar drinnen hege,
Das schuld' ich mir, soll ich nicht ganz und gar
Mit meinem tiefsten Innern mich entzwein.
Und nennen Sie es hoffnungslos, so sagt
Mein Herz: wo Lieb' ist, ist auch Glaub' und Hoffnung,
Und ganz unglücklich kann ich niemals werden,
So lange die Gewißheit in mir lebt,
Daß Er es meint, wie ich.
(geht langsam nach rechts ab.)

Neunte Scene.
Ellinger. Justine.

Ellinger (sinkt auf einen Stuhl).
Auch das noch! Oh!
Ist's nicht genug der allgemeinen Noth?
Muß mir im eignen Haus das eigne Kind —
(wendet sich zu Justine, die still vor sich hin blickt.)
Was steht Ihr noch und stiert und trotzt? Was habt Ihr
Hier noch zu schaffen?

Justine.
Nu, ich bin noch hier,
Weil mein Herr Rath gesagt, er hätte noch
Ein Wort mit mir zu reden.

Ellinger (heftig).
Schert Euch zum —!
Was ich zu sagen hätte, wißt Ihr schon.
Seid Ihr nicht Schuld dran, daß es so weit kam?
Ihr habt doch sonst die Augen überall

Und wär't nur diesmal blind gewesen? hättet's
Nicht sehn, mit Vorsicht nicht verhüten können?
Fluch dieser Zeit, die Untreu' und Verrath
So schamlos brütet!

Justine.
　　　　Wenn mir mein Herr Rath
Sonst nichts zu sagen hat, ich hätte wohl —
Obwohl ich man ein Dienstbot' bin, der freilich
All sechsundzwanzig Jahre —

Ellinger.
　　　　　　Pocht Sie jetzt
Auf Ihre treuen Dienste, ob Sie gleich
Mir eben diesen schlechten Dienst gethan?

Justine (ruhig).
Kein Menschenkind kann mehr thun, als es kann.
Ich habe den Herrn Lieutnant wol gewarnt
Und mein Mariannefen. Die Augen hatt' ich
Wol offen und mein Mundwerk stand nicht still.
Wenn sie nicht hörten, war es meine Schuld?
Doch ungerecht gescholten werden, nu,
Auch daran muß ein Dienstbot' sich gewöhnen.

Ellinger.
Dienstbot' und immer Dienstbot'! Wißt Ihr nicht,
Daß Ihr mir mehr wart?

Justine.
　　　　　　Ja, das dächt' ich auch.
Ich hab' an dem Mariannken Mutterstelle
Vertreten, seit das Würmken mutterlos
In meinem Schooß gelegen. Lebte sie
Noch heute, meine gütige Frau Räthin,

Die spräche jetzt zu dem Herrn Rath: Du hast
Recht wie'n barbarischer Vater an dem Kinde
Gehandelt, Christian. — Ja, so spräche sie.

Ellinger.
Ihr untersteht Euch —?

Justine.
Denn 'nen bessern Mann
Für unser Herzblatt, als den Lieutnant Marwitz,
Könnt' ich und du nicht wünschen. Wenn er auch
Ein Preuß' ist — ist er drum kein braver Deutscher,
Tapfer und fromm, aus einem guten Haus?
Du aber thust, als wär's ein Botokude,
Ein Menschenfresser oder Hottentott.
(da Ellinger reden will)
Weiß schon, wir sind im Krieg mit Preußen. Na,
Der kann nicht ewig dauern. Endlich wird
'mal wieder Friede, und wie heißt's im Sprichwort?
 Nach Krieg und Brand
  Kommt Gottes Segen ins Land.
Und darum sag' ich —

Ellinger
(wendet sich zum Gehen, nach links).
Will Nichts weiter hören!
Wo's meine Ehre gilt, darf Niemand mir
Dreinreden. Hört Ihr?

Justine.
Na, auch Unsereins
Hat seine Ehre. Wenn ein alter Dienstbot'
Hier Nichts im Haus mehr gilt — so leid mir's thut,
So räumt der alte Dienstbot' seinen Platz.

Ellinger
(an der Thür stehen bleibend).

Was faselt Sie?

Justine.

Mitansehn, wie das Kind
Zu Tod sich grämt, bring' ich nicht übers Herz.
Drum wollt' ich den Herrn Rath mit Permission
Um meinen Abschied bitten.

Ellinger.

Denkt Sie mir
Was abzutrotzen, weil Sie hier im Haus
Sich unentbehrlich fühlt? Das bilde Sie
Sich nur nicht ein: entweder steht Sie mir
Jetzt bei, das Mädchen zur Raison zu bringen —
Oder wir Beide sind geschiedne Leute!
(geht hinein, schlägt heftig die Thür hinter sich zu.)

Zehnte Scene.

Justine (allein).

Geschiedne Leute? Na, da muß ich wol
Ausessen, was ich selbst mir eingebrockt.
Nach sechsundzwanzig Jahren! Nee, so'n Hitzkopp!
Trumpf hatt' ich ausgespielt, der wird mir nun
Gestochen. Doch zu Kreuze kriechen? — nee,
Das thu' ich nicht. Er soll nur mal erleben,
Wie ihm die Suppe schmeckt, wenn die Justine
Nicht mehr das Salz dran thut — dann wird er's merken!
Geschiedne Leute! So was! Nee!

Dörte (hastig durch die Mitte).

O Jungfer,
Da ist der Herr —

Justine.
Was für ein Herr?

Dörte.
Von gestern,
Der fremde poln'sche Herr —

Justine.
Na, nu schlag' Gott
Den Deubel dodt! Hab' ich dir nicht gesagt —

Dörte.
Ich sagt's ihm auch, der Herr wär' nicht zu sprechen,
Er aber sagt, er müßt' partu —

Justine.
Na, denn
Laß ihn man kommen. Der soll's von mir hören!
Wenn ich doch aus dem Hause muß, so kann ich
Auch das wol noch auf meine Kappe nehmen.
Auf eine Grobheit mehr kommt mir's nicht an.

Elfte Scene.

Justine. Graf Ludowski (tritt ein, in Hut und Mantel).

Ludowski.
Rath Ellinger —

Justine (ohne ihn anzusehen).
Bedaure. Mein Herr Rath
Ist nicht zu sprechen.

Ludowski (legt ab).
Melde Sie mich nur!

Justine.
Das werd' ich bleiben lassen.

Ludowski.
Bleiben lassen?
Curiose alte Frau! Wer ist Sie denn?

Justine (knixt).
Jungfer Justine Zanders — wenn der Herr
Es wissen muß — seit sechsundzwanzig Jahren
Haushält'rin beim Herrn Rath — zwar morgen früh
Veränd'r ich mich — na, das geht ihn nichts an —
So lang ich's aber bin, hab' ich die Pflicht,
Darauf zu sehn, daß Alles rein hier bleibt,
Kein Unrath, nichts Unrechtes hier ins Haus kommt —
Und darum — werd' ich jetzt den Herrn nicht melden.
Ich hoff', der Herr versteht mich.

Ludowski.
Nicht ein Wort,
Mamsell, parole d'honneur!

Justine.
Na, wenn der Herr
Französisch nicht versteht, so muß ich's wol
Auf deutsch ihm sagen. Gestern Abend, wie
Ich hier dazu kam, als mir das Parliren
Zu lange dauerte — das Essen brannte
Mir an —

Ludowski.
Ja, ich entsinne mich.

Justine.
Da hört' ich,
Wie mein Herr Rath noch auf der Schwelle sagte:

Dringt weiter nicht in mich, Herr Graf! Es geht
Mir wider das Gewissen. — War's nicht so?

Ludowski.
Nun reißt mir die Geduld. Ventre saint gris!
Wenn Sie nicht auf der Stelle —

Justine.
     Was, Herr Graf?
Der Herr meint wol mich einzuschüchtern? Nee,
Das giebt es nicht, dafür bin ich zu alt.
Wenn meinen Herrn die Gicht anfällt, dann ruft er
Nach mir, daß ich ihm heiße Tücher mache.
Und wenn die Gicht ihm ins Gewissen tritt,
Da bin ich auch zur Hand. Herr Graf muß wissen,
Ich bin ein altes Mädchen bloß, doch hab' ich
Den Gen'ral Zieten großgezogen. Na,
So wenig Der sich je gefürchtet hat,
So nimmt's auch seine alte Wärterin
Noch mit ganz Andern auf, als mit so einem —
So einem — Gottseibeiuns!

(Sie hat sich, da Ludowski sich nach links gewendet, retirirend vor die Thür
gestellt.)

Ludowski.
    Nom d'un nom!
Der Spaß wird mir zu bunt. Den Augenblick
Scher' Sie sich weg. Sonst —

Justine (ihn fest anblickend).
     Sonst?

Zwölfte Scene.
Vorige. Ellinger.

Ellinger.
Was geht hier vor?
Justine — mein Herr Graf —

Ludowski (gezwungen lachend).
Herr Steuerrath,
Sie kommen à propos. Die alte Frau
Bewacht gleich einem Drachen Ihre Thür.
Ich zitterte für meine Augen.

Ellinger (finster).
Laßt
Mich mit dem Herrn allein!

Justine
(für sich, indem sie nach rechts abgeht).
Wie'n Drache? Nee,
Der würde jetzo Feu'r und Flammen spei'n.
Wie'n alter Haushund, der nicht mal mehr beißen,
Nur bellen kann. — Ich geh' schon, mein Herr Rath.
(im Abgehn gegen Ludowski trotzend)
Seelenverkäufer! (ab.)

Ellinger (mit Nachdruck).
Ich bin höchst erstaunt,
Herr Graf —

Ludowski.
Herr Steuerrath —

Ellinger.
Ich ließ Sie nicht
Im Zweifel gestern, daß Ihr Dringen völlig
Vergebens sei.

Ludowski (setzt sich).
La nuit porte conseil,
Mein bester Herr. Auch wurden wir gestört.
Mein letztes Wort blieb ungesprochen.

Ellinger.
Meins
Gilt heut noch. Ihr Ansinnen, vom verflossnen
Quartal die Steuergelder Ihnen statt
Dem preußischen Finanzamt auszuliefern,
Muß ich noch heut ablehnen, ob es auch
Mein sächsisch Patriotenherz beklagt,
Daß meinem königlichen Herrn in Warschau
Die Mittel, seinen Hofhalt fortzuführen,
Nunmehr versiegen wollen.

Ludowski.
Nur zu sehr!
Schon hat der König sich bequemen müssen,
Darlehn zu hohen Zinsen aufzunehmen.
Läßt ihn die Hülfe seiner Landeskinder
In Stich —

Ellinger.
O glauben Sie, es schmerzt mich tief,
Doch mein Gewissen bindet mir die Hände.
Die feindliche Regierung hat im Amt
Mich neu bestätigt. Ihr bin ich verpflichtet,
Und aus den Fugen vollends lös'te sich
Die Welt, wenn solch ein Band der Ehr' und Pflicht
Nicht fester hielt' als Spinnweb.

Ludowski.
Sie vergessen,
Daß die erzwungne Pflicht nicht binden kann.

Ellinger.
Erzwungne Pflicht? Wer hat mich zwingen können?
Stand mir's nicht frei, vom Amt zurückzutreten?
Ich aber blieb, um Aergres zu verhüten.
Nachfolger wär' ein Preuße mir geworden,
Und jeder Willkür hätt' er als ein Feind
Den Zügel schießen lassen. Darum beugt' ich
Den Nacken unter das verhaßte Joch
Freiwillig, mein Herr Graf, und muß es tragen,
So lang es Gott verhängt.

Ludowski (steht auf).
    Sie sind ein Ehrenmann,
Herr Rath, das weiß Ihr Souverän zu schätzen,
Wie die hochsel'ge Fürstin es gewußt.

Ellinger (bewegt).
Die edle Dulderin! Mein Herzblut hätt' ich
Willig geopfert, ihrer hohen Seele
Das Leid zu mildern, das sie niederbeugte.

Ludowski.
Wohl hat sie deß zu Ihnen sich versehn,
Und noch ihr letzter Wille giebt davon
Ein ehrend Zeugniß. Jener Paragraph,
Der Sie betrifft — in Abschrift trug ich ihn
Schon gestern bei mir —
   (zieht ein Blatt hervor.)
    — als die alte Frau
Dazwischen kam. Woll'n Sie ihn jetzt vernehmen?

Ellinger (erschüttert).
Ein Wort von meiner Fürstin — eine Stimme,
Die aus dem Jenseits klingt — o lesen Sie!
   (muß sich setzen.)

Ludowski (entfaltet das Blatt).
Nachdem sie andrer treuer Diener erst
Gedacht, Legat' und Angedenken ihnen
Bestimmt, heißt's hier im zehnten Abschnitt weiter:
„Item, dem kurfürstlich sächsischen Steuerrath Christian Ellinger, meinem langjährigen getreuen und lieben Diener und Freunde"—

Ellinger (für sich).
„Freunde!" Ist's wahr? steht's so geschrieben?

Ludowsky (zeigt ihm das Blatt).
Hier!
(liest dann weiter)
„ — Diener und Freunde — statte ich auch an dieser Stelle meinen fürstlichen Dank ab für den stets bewährten Eifer, mit welchem Selbiger meiner Interessen und Vortheils wahrgenommen, und lege es meinem hohen Gemahl ans Herz, demselben allezeit die gleiche Huld und Affection zu gewähren, so ich ihm zugewendet" —

Ellinger
(drückt die Hände vors Gesicht).
O großer Gott!

Ludowski.
„ — wie ich denn auch zu Desselbigen Treue die Zuversicht hege, daß er allezeit meinem hohen Gemahl seine guten Dienste widmen und in diesen schweren Zeitläuften keine anderen Rücksichten consideriren werde, als die Interessen und Wohlfahrt des churjächsischen Herrscherhauses. Ihn dessen für immer eingedenk zu erhalten, soll gedachtem meinem lieben Rath Ellinger der Siegelring mit dem rothen Carneol nach meinem Tode ausgehändigt werden —"
(hält inne, zieht ein Etui hervor.)

Das hat für Sie nun freilich keinen Werth mehr.
Als preußischer Beamter werden Sie
Ungern an alte Zeit sich mahnen lassen,
Und diesen Ring — nach Warschau werd' ich ihn
Zurückzubringen haben, meinem Herrn
Vermeldend, sächsische Unterthanentreue
Sei ein veralteter Begriff.

Ellinger
(nach heftigem Kampf, steht auf).
Herr Graf,
Sie sehen mich im Innersten erschüttert.
Dies ist die schwerste Stunde meines Lebens,
Wenn auch die stolzeste. Ja denn, ich folge
Dem Ruf, der mir den innern Zwiespalt schlichtet,
Denn Eines ist mir klar: wenn sie noch lebte,
Die hohe Frau, ihr schlüg' ich es nicht ab.
Ich weiß: recht wäre, was ihr recht erschiene.

Ludowski (seine Freude verbergend).
Sie handeln als ein wackrer Patriot.
Hier ist die Schrift — und hier der Ring.

Ellinger
(den Ring an die Lippen drückend).
Du heil'ges,
Unschätzbar theures Kleinod, bin ich wirklich
Es werth, mit diesen Händen dich —
(sucht sich zu fassen.)
Verzeih'n Sie,
Herr Graf, wenn mich die Rührung übermannt.
Nur meinem Schöpfer ist's bekannt, wie innig
Ich diese seltne Fürstin stets verehrt,
Wie mir ihr früher Tod zu Herzen ging.

Doch nun vernehmen Sie: ein Doppelspiel
Zu spielen, hier im Amte zu verbleiben,
Die Kassen defraudirend, nimmer brächt'
Ich's übers Herz. Was von den Steuern noch
In meinen Händen und mein eigen bischen
Erspartes — in Person bring' ich's nach Warschau
Und leg' es meinem Könige zu Füßen,
Damit zu thun, wie ihm gefällt.

    Ludowski (betroffen).
          Sie wollten —
    Ellinger.
Ich scheide mich damit von meiner Heimath
Und überliefre Haus und Hab' und Gut
Dem Feinde, daß er dran sich schadlos halte.
Ob dann und wie mein Herr sich meiner Dienste
Gebrauchen mag, sei ihm anheimgestellt.

    Ludowski
(will etwas einwenden, besinnt sich, tritt dann rasch auf ihn zu und reicht
ihm die Hand).
Sei's denn! Fürs Erste meinen Dank, Herr Rath,
Bis unser König Ihnen besser dankt.
Allein Gefahr ist im Verzug. Wann sind Sie
Bereit zur Reise?

    Ellinger.
     Hier der Boden brennt
Mir unterm Fuß. Schon morgen —

    Ludowski.
         Um so besser!
Gleich morgen soll ein Wagen, den mein eigner
Bedienter lenkt, in Loschwitz Ihrer harren.
Die Gelder, die Sie bringen werden, schließt

Dann ein geheimes Fach im Rücksitz ein.
Mich selber hält noch ein Geschäft zurück,
Sie zu begleiten. Doch in wenig Tagen
Auf Wiedersehn in Warschau! Sagen Sie
Dem Könige — doch nein, ich schreib' ihm heut noch.
Und sorgen Sie vor Allem, ungehindert
Aus Thor und Wall ins Freie sich zu stehlen.
Ich hoff', als einem unverdächt'gen Mann
Und preußischen Beamten wird man Ihnen
Nicht wehren, sich lustwandelnd zu ergehn.
Glückliche Reise denn! Wir sehn uns bald!
(wehrt seine Begleitung ab und eilt hinaus, als fürchte er, Ellinger könne noch andern Sinnes werden.)

Dreizehnte Scene.

Ellinger. (Bei den letzten Worten ist) Justine (wieder eingetreten, ein Buch in der Hand).

Ellinger
(fährt auf, da Justine sich nähert, steckt den Ring hastig ein).
Ha Ihr! Schleicht Ihr schon wieder? Könnt Ihr mich
Denn nie in Frieden lassen?

Justine.
Na, in Zukunft
Fall' ich ja dem Herrn Rath nicht mehr zur Last.
Da ist das Buch.

Ellinger.
Das Buch?

Justine.
Das Wirthschaftsbuch.
Wenn der Herr Rath nachrechnen will, — es stimmt
Bis auf den Heller.

Ellinger.
Ist Sie nicht bei Trost?

Justine.
J nu, es greift 'nen alten Menschen wol
Ein bisken an, noch in den Siebzigen
Sich zu verändern. Aber wie Gott will,
Ich halte still, und der Gevatter Dietrich
Der nimmt mich wol mit Kußhand bei sich auf,
Ist ja ein Wittwer und hat Platz im Haus.
Und also morgen früh —

Ellinger.
Ihr könnt im Ernst
Ein hingeworfnes Wort — Ihr bleibt Justine!

Justine.
Nee, nee, 's ist besser so. In einem Haus,
Wo man die Guten 'rausjagt und die Bösen
'reinläßt, da paß' ich nicht mehr hin. Zudem,
Da mein Herr Rath verreis't —

Ellinger.
Verreis't? Was meint Ihr?

Justine.
Na mit dem polnschen Herrn, der eben jetzt
Glückliche Reise dem Herrn Rath gewünscht.
Hat er nicht auch gesagt: Auf Wiedersehn?
Vielleicht zeigt ihm Herr Rath die sächs'sche Schweiz.
's ist zwar October schon. Doch in so guter
Gesellschaft —

Ellinger
(wirft das Buch zur Erde).
Ihr seid toll! Laßt mich in Frieden!
(rasch ab nach links.)

Justine (das Buch aufhebend).
Toll? Nee, das bin ich justement noch nicht.
Doch wär's kein Wunder, wenn ein Mensch sein bisken
Verstand verlör', da's in der Welt jetzt drüber
Und drunter geht. O du mein Herrgott, laß es
In meinem alten Kopf nicht auch noch rappeln,
Daß ich das Ärgste noch verhüten kann.
(mit drohender Geberde nach der Mittelthür)
Den märk'schen Drachen aber, mein Herr Graf,
Den soll der poln'sche Fuchs noch kennen lernen!
(Vorhang fällt.)

Zweiter Akt.

Zimmer Ellinger's, Thüren rechts, links und in der Mitte. Vorn links ein Fenster, rechts ein großer Schreibtisch, daneben eine Repositur mit Acten. Im Hintergrunde ein Bett mit Kattunumhang. Links ein Sopha, Tisch und Stühle. Ueber einem Stuhl hängt ein Mantel, darunter, halb verdeckt, eine kleine lederne Schatulle.

Erste Scene.

Ellinger (fertig angezogen, am Schreibtisch, mit einem Brief beschäftigt, eine brennende Kerze vor ihm, ein zweiter, gesiegelter Brief liegt daneben). Dörte (steht mitten im Zimmer). Dann Justine.

Ellinger (während er schreibt).
Erst eben aufgestanden? Wie viel Uhr ist's?

Dörte.
Wird acht schon sein, Herr Rath. Mich wundert's selbst,
Mamsell Mariannchen ist sonst früh bei Wege.
Ich sagte: Eiherrchecses! sagt' ich, Jungfer
Justine, ist Mamsell am Ende gar
Nicht wohl, daß sie noch in den Federn liegt?
Soll ich sie wecken? sagt' ich. Und da sagte
Jungfer Justine: Sie hat schlecht geschlafen,
Nu holt sie's nach. Mach du nur keinen Lärm!
Als ob ich jemals —! sagt' ich — na, da gingen
Wir auf den Zeh'n herum, und da auf einmal

Geht ihre Thür, Mamsellchen kommt heraus,
Erschrecklich blaß, und wie ich frag', ob sie
Den Kaffee will — da schüttelt sie den Kopf
Und geht gleich wieder in ihr Zimmer.

Ellinger
(hat den Brief gesiegelt. Justine tritt ein).

Hm!
Ruf meine Tochter! Sag, sie soll sich rüsten
Zu einem Ausgang.

Dörte.
Wenn sie doch nun erst
Früstücken will —

Ellinger.
Bestell's ihr nur! (Dörte ab.)
(erblickt Justine.)

Justine!
Was thut Ihr hier?

Justine.
Je, nur zum letzten Mal
Staub wischen, mein Herr Rath.

Ellinger.
Zum letzten Mal?

Justine.
J nu, die nach mir kommt, die soll nicht sagen,
Ich hätte meinen Herrn in Schmutz und Staub
Verkommen lassen. Zwar steht in der Bibel,
Wir Alle sind aus Staub und soll'n auch wieder
Zu Staube werden. Doch so lang wir leben —
(wischt eifrig.)

Ellinger (steht auf).
Ihr werdet, hoff' ich doch, Vernunft annehmen.
Ihr könnt nicht aus dem Haus gehn, nimmermehr,
Gerade jetzt —

Justine.

Nee, grade jetzt, Herr Rath,
Paßt sich's ganz schöne. Mein Marianneken,
Jetzt, wo sie'n schweres Herz hat — na, dagegen
Giebt's ja nichts Beßres, als die Hände rühren,
Und was gehört zum Haushalt — ohne mich
Zu rühmen — hat sie ja bei mir gelernt. (wischt weiter.)

Ellinger.

Justine — wißt ihr nicht, daß Ihr mir mehr seid,
Als eine Dienerin, die ihren Dank
Mit ihrem Lohn dahin hat? Wart Ihr mir
Nicht Beistand und Vertraute?

Justine
(steht still, sieht sehr feierlich auf).

J ja woll,
Das war ich, und war stolz darauf. Doch Hochmuth
Kommt vor dem Fall. Nu bin ich's nicht mehr.

Ellinger.

Wie?

Justine.

Denn 'ner Vertrauten, wie mir mein Herr Rath
Die Ehre anthut mich zu tituliren,
Na, der vertraut man auch, wenn sich im Haus
Was Schlimmes und Gefährliches begiebt,
Und macht ihr keine Flausen vor.

Ellinger (verlegen).

Ihr werdet's
Erfahren, wenn es Zeit ist.

Justine.

Wenn es Zeit ist,
Das heißt: wenn es zu spät ist. Aber mir
Ist's gleich. Ich weiß genug.

Ellinger.
Was wißt Ihr?
Justine.
Erstlich:
Daß mein Herr Rath heut in kein Bett gekommen.
(schlägt den Umhang zurück. Das Bett ist unberührt.)

Ellinger.
Die Arbeit hielt mich wach.

Justine.
Zur Arbeit ist
Der Tag verordnet und die Nacht zum Schlaf.
Ich aber weiß noch mehr.

Ellinger (heftig).
Ihr habt gehorcht?

Justine.
Gehorcht? Nee, bloß gehört. Man schläft nicht gut,
Wenn es die letzte Nacht in einem Haus ist,
Wo man so lang gewacht hat. Hatt' auch noch
Mein bisken Siebensachen einzupacken,
Und wie ich krame nebenan, da hör' ich
Geld klirren hier im Zimmer.

Ellinger (verlegen).
Wie?

Justine.
Ich dachte,
Es wär' en Dieb, doch seh' ich jetzt, der Dieb
Hat doch das liebe Gut nicht weggeschleppt.
Da liegt's ja noch.
(hebt den Mantel auf und nimmt die schwere Schatulle in die Hand.

Ellinger.
Was untersteht Ihr Euch?

Justine
(legt die Schatulle wieder weg).
Das Ding ist schwer. Das könnte unterwegs
Den Herrn incommodiren, sollt' ich meinen.

Ellinger.
Ihr ew'ges Spioniren! Wenn Sie's doch
Nun einmal wissen muß — ja, ich verreise,
Noch heut.

Justine.
Ja freilich, Reisen kostet Geld.
Doch bis zum Kuhstall oder Prebischthor —
's muß weiter sein. Sonst nähme mein Herr Rath
Nicht solch großmächt'gen Haufen Thaler mit.
Da denk' ich mir in meinem dummen Kopf,
Es wird am Ende —

Ellinger (verwirrt und heftig).
Sie hat Nichts zu denken!

Justine.
Gedanken sind ja zollfrei. Zwar bis Polen
Der Weg ist weit und auch die Jahrszeit nicht
Die beste just zum Reisen —

Ellinger.
Ich verbiet' Ihr —

Justine
(ihn fest anblickend).
Es thut mir leid, doch mein Herr Rath hat Nichts mehr
Mir zu verbieten, seit ich aus dem Dienst bin.

Das Haus verbieten kann er mir, das kann er,
Doch nicht den Mund. Drum grad heraus: 's ist unrecht,
Was mein Herr Rath zu thun sich vorgesetzt.
Nach Warschau reisen, weil so'n poln'scher Graf
Die Höll' ihm heiß gemacht, die Menge Geld
Mitnehmen — na, und was das Schlimmste wäre,
Sein eigen Kind —
    Ellinger.
     Was träumt Sie sich zusammen?

    Justine.
Denn wozu hätte das Mariannchen
So früh sich zum Spaziergang rüsten sollen?
Ist nicht Bureauzeit? Hat sich mein Herr Rath
In zwanzig Jahren das einfallen lassen,
Schon um Klock Neun —

    Ellinger (da Marianne eintritt).
     Kein Wort mehr!

Zweite Scene.
Vorige. Marianne (von rechts).

    Marianne
  (einen Mantel überm Arm, den Hut in der Hand).
       Guten Morgen,
Mein Vater! (küßt ihm die Hand.)
   Sie verzeihn, ich habe mich
Verschlafen. (nickt Justine zu.)
    Guten Morgen, Mütterchen.
Ist's wahr, was Dörte sagt: ich soll mit Ihnen
Spazieren gehn? Doch Sie sind ernst und stumm.
Wenn's meine Schuld ist, Vater, o Sie sollen
Mit mir zufrieden sein!

Ellinger (bewegt).
Mein gutes Kind —!

Marianne.
Ich war's nicht, Vater, nein, ich war nicht gut.
Mein Herz war ungeberdig, und in bösen
Gedanken schlief ich ein und glaube fast,
Zum ersten Mal vergaß ich mein Gebet
Für meinen Vater. O ich haderte
Mit Gott und aller Welt — und auch mit Ihnen.
Dann aber hatt' ich einen Traum —

Justine.
'nen Traum,
Mariannchen?

Marianne.
Nein, ich erzähl' ihn dir
Ein andermal. Jetzt ist nicht Zeit dazu.
Doch hat er mich so still und froh gemacht,
Obwohl er mir kein irdisch Glück versprach,
Sie werden nie mich wieder klagen hören.
Versprechen Sie nur Eins mir, lieber Vater!

Ellinger.
Was, liebes Kind?

Marianne.
Mir niemals zuzureden,
Sie zu verlassen, einem Mann zu folgen.
Dies Eine — niemals bräch't' ich's übers Herz.

Ellinger.
Frei soll dein Wille sein. Doch setz dir auch
Nicht Grillen in den Kopf. Die Zukunft, Kind,
Gehört dem Herrn.

Marianne (lächelt wehmüthig).

    So Grillen, Vater, leisten
Uns trauliche Gesellschaft, wie ein Heimchen
Am Herd. Und singen sie mir vor, ich würd'
Als altes Mädchen sterben, könnt' ich nicht
Dabei so glücklich doch gewesen sein,
Wie Mütterchen Justine? Bist du's nicht?

    Justine.
I nu, 's geht an. Ich könnte mir schon noch
Was Be'res denken.

    Marianne.

    Doch was schwatz' ich Alles!
Sie wollen mit mir ausgehn, lieber Vater,
So früh am Tag?

    Ellinger (nach einem Kampf).

    Ich — kann dich nicht betrügen,
Mein Kind: nicht ein Spaziergang, eine Reise
Steht uns bevor.

    Marianne.

    Wie? eine Reise? Jetzt,
So plötzlich, und wohin?

    Ellinger.

    Du wirst's erfahren,
Bald, unterwegs.

    Marianne.

    Dann aber muß ich ja —
Ich kann doch nicht, so wie ich geh' und stehe —

    Ellinger.
Ein kleines Täschchen mit dem Nöthigsten;
Mehr darf's nicht sein.

Marianne.
             Nun denn — Justine, komm
Und hilf mir —
             Justine.
             Nee, mein Döchterken, dabei
Hilft die Justine nicht.

Marianne.
             Wie, Mütterchen?

Justine.
Denn lebte deine sel'ge Mutter noch,
Die sagte jetzt zu deinem Vater: Christian,
Ich leid' es nicht, daß du das arme Wurm
Nach Polen mitnimmst, bei so schlechtem Wetter,
Weil dir ein poln'scher Graf was vorgeschwindelt.

Marianne.
Nach Polen? Vater, ist das wahr?

Ellinger (zu Justine).
             Wer giebt Euch
Das Recht, Euch einzumischen?

Justine.
             J, das Recht
Das hat mir mein Herr Rath ja selbst gegeben,
Wie er vor achtzehn Jahren zu mir sagte:
Justine, hier das Kind ist mutterlos;
Du sollst ihm Mutter sein. Und weil ich's bin,
So sag' ich: nee, das Kind bleibt hier bei mir.
Was soll's da draußen in der Polackei?
Ihr müßtet denn den alten Drachen auch
Mitnehmen, sonst laßt nur den Schatz zu Hause,
Da wird er gut bewacht sein.
             (geht ans Fenster.)

Marianne.
                    Vater, ist
Das wahr? Nach Warschau wollen Sie, und ich
Soll Sie begleiten? (Ellinger schweigt.)
                . Aber Mütterchen,
Was ist daran so Schlimmes, wenn der Vater
Nach Warschau in Geschäften reisen muß
Und nimmt mich mit? Ich kann ihm nützlich sein,
Ich weiß ja, wie er's liebt und nöthig hat,
Und Jemand muß er haben, seine Kleidung
In Stand zu halten, oder wenn er krank ist,
Ihn zu verpflegen. Nein, wie wunderlich!
Liegt Polen denn im Mond, und kommt man nicht
Von da zurück? Geschwinde, lieber Vater,
Will ich mich rüsten, nein, ich brauch' nicht viel,
Sie haben Recht. Das Andre kauft man dort.
Nicht um die Welt ließ' ich allein Sie reisen!
(eilig ab nach rechts.)

Dritte Scene.
Justine (schmollend am Fenster). Ellinger.

Ellinger (nach einer Pause).
Gebt Euch darein, Justine. 's ist beschlossen,
Und weil Ihr's doch einmal erfahren müßt:
Ich geh', um nicht sobald zurückzukehren.
Den Feind im Land zu sehn, die Schmach zu dulden,
Im aufgezwungnen Dienst mein Brod zu essen,
Es geht mir gegen mein altsächsisch Herz.
Mein Kind, wenn ich's ihr sage, wird's verstehn.
Ihr freilich — seid 'ne Preußin.

Justine.
                        Und bei Der
Wär' wohl 'ne Sächsin nicht gut aufgehoben?

Ellinger.
Daß Ihr das nicht begreift! Der Tochter Platz
Ist an des Vaters Seite. Ihr jedoch,
Ihr werdet einsehn, Euer Platz, Justine,
Ist jetzt in diesem Hause mehr als je.

Justine.
Mein Platz? Na, der wird bald wo anders sein,
Wo's keine Sachsen mehr und Preußen giebt,
Bloß stille Menschen, die sich nicht mehr rühren.
Mein Herrgott lasse bald mich dahin kommen,
Denn nirgends sonst mehr paß' ich hin!

Marianne
(tritt wieder ein, trägt ein Handtäschchen).
Da bin ich.
War ich nicht flink, mein Vater? O Justine,
Und du noch immer böse? (läuft zu ihr hin.)
Nein, sei gut!
Ich schreibe dir, sobald wir angelangt,
Daß du mir nachschickst — nur das Nöthigste
An Wäsch' und Kleidern — oder bleiben wir
Doch länger fort? Nun, wie der Vater will.
Und jetzt — (will Justine umarmen.)

Dörte (stürzt herein).
Herr Rath, Herr Rath!

Justine.
Was giebt es wieder?
Kannst du denn nicht manierlich —

Dörte.
Drunten stehn
Soldaten — Ach Herrjemersch nee!

Justine.
Nu nu!
Dörte.
Sie fragen nach Herrn Rath!

Marianne
(ist rasch ans Fenster getreten, beugt sich hinaus).
Wahrhaftig! Unten
Vor unsrer Thür! Der Unteroffizier
Tritt ein.
Justine.
Na, hatt' ich's doch gedacht! Die Suppe
Hat uns der Seelenverkäufer eingebrockt.

Ellinger (zu Dörte).
Geh! Frage, was man will! (Dörte ab.)

Justine (hastig und leise).
Wenn mein Herr Rath
Mir folgen wollte — durch die Hinterthür
Hinaus zum Garten — noch ist's Zeit —

Ellinger.
Ich bleibe.
Ich will doch sehen — (Es klopft.)

Justine.
Du gerechte Güte,
Nu ist's zu spät!
Ellinger.
Herein!

Vierte Scene.

Vorige. Ein Dragonerunteroffizier.

Unteroffizier.
Rath Ellinger?

Ellinger.
Der bin ich. Eu'r Begehr?

Unteroffizier.
Ich habe Ordre,
Mein Herr, zum Gouverneur Sie abzuführen.

Marianne.
Vater!

Ellinger.
Sei ruhig, Kind! — Was will man mir?

Unteroffizier (zuckt die Achseln).
Weiß nicht. Wird der Herr Rath wohl dort erfahren.

Marianne.
O Vater, ich vergeh' vor Angst!

Ellinger (seine Unruhe verbergend).
Sei ruhig!
Nachfragen werden's sein in Steuersachen.
Wir sind ja Knechte, müssen Rechenschaft
Ablegen über jeden Athemzug.
Doch warum escortirt wie einen Sträfling
Führt man mich durch die Stadt?

Unteroffizier.
Dies meine Ordre.

Ellinger.
Nun denn in Gottesnamen!

Marianne (stürzt ihm an den Hals).
O mein Vater!

Fünfte Scene.

Vorige. Marwitz (eilig durch die Mitte eintretend).

Marwitz.
Komm' ich zu spät? Ah, Gottseidank!

Ellinger.
                    Herr Lieutnant,
Ich wundre mich, Sie hier zu sehn, nach dem,
Was gestern zwischen uns hier vorgefallen.
Vielleicht jedoch verdank' ich Ihnen diesen
Seltsamen Einbruch in mein Haus.

Marwitz.
                    Herr Rath,
Beim Himmel, Sie erniedern nur sich selbst
Durch diesen schmählichen Verdacht. Sie sehn
Dort Feinde, wo die treusten Freunde sind.
Ihr schlimmster Feind hat tief sich eingenistet
In Ihrem eignen Herzen.

Ellinger.
            Wollen Sie
Mir Lehren geben, junger Mann?

Marwitz.
                Nicht Lehren,
Warnungen nur, Herr Rath!
            (zum Unteroffizier) Ihr — tretet ab
Und wartet draußen!
            (Unteroffizier salutirt, geht hinaus.)

Ellinger.
        Werd' ich endlich hören —

Marwitz (tritt vor).
Unsel'ger Mann, was haben Sie gethan!

Marianne.
Wilhelm!

Marwitz.
Ich war beim Gouverneur, Graf Schmettau,
Mich abzumelden. In der nächsten Stunde
Sollt' ich zurück zu meinem Regiment,
Das in dem Lager jetzt bei Hochkirch steht.
Wenn ich die Nacht durchreite, bin ich morgen
Zur Stelle. Ob er noch Befehle habe,
Fragt' ich den Grafen. Doch er war zerstreut,
Vertieft in Briefe und Papiere, die
Er eben erst empfangen, wie mir schien.
Da sehn Sie, sprach er, einen Brief mir zeigend,
Welch einen Dank wir von den Sachsen ernten
Für alle Schonung, die wir stets geübt.
Statt die Beamten wegzujagen, nahmen
Wir alle neu in Eid und Pflicht. Und nun —
Intriguen, Unterschleife, heimliches
Verständniß mit dem Feind! Da unter Andern
Ist ein Rath Ellinger —

Marianne.
O Gott, Justine —!

Marwitz.
Sie lagen im Quartier bei ihm — ein Mann,
Von sonst unangefochtner Redlichkeit —
Und hier in diesem Brief — der Bote, der
Nach Schlesien sich mit ihm zum nächsten Postamt
Durchschleichen sollen, als verdächtig ward
Er eingebracht, der Brief ihm abgenommen.

Der Schreiber, ein kursächsischer Agent,
Ein Graf Ludowski —

     Justine.
      Ha! Der poln'sche Fuchs!
Hab's doch gewußt!

     Marwitz.
    Dem König meldet er,
Gelungen sei's ihm, diesen Ellinger
Zu überreden, was an Steuern noch
In seiner Hand, für seinen Souverän
Zu retten, statt den Preußen auszuliefern.

     Justine
 (leise zu Marianne, die eine Geberde des Erschreckens macht).
Still, still, mein Döchterken!

     Marwitz.
     Er habe leider
Den eigensinnigen Mann nicht halten können,
Der in Person das Geld zu überbringen
Für seine Pflicht erklärt, statt hier zu bleiben
Und fernerhin im Schutze seines Amts
Der Krone Polen solcherart zu dienen.
Nun, immer handle sich's um runde Summen,
Und größere, so hoff' er, folgten nach.
Er selbst — Ludowski — bleibe noch, um weiter
Zu wirken —

     Marianne.
    Vater — ist das Alles — wahr?

     Marwitz.
Marianne — o was gäb' ich drum, ich hätte
Die schwere Stunde dir ersparen können!

Allein die Wache war schon abgeschickt,
Der Lauf des strengen Rechts nicht mehr zu hemmen.
Nur das ward mir vergönnt, hierherzueilen,
Darauf zu sehn, daß, was geschehen muß,
Mit aller Rücksicht auf den ehrenwerthen
Charakter deines theuren Vaters —

Ellinger
(der bisher in sich verschlossen dagestanden, blickt heftig auf).

       Rücksicht?
Ich brauche keine! Sparen Sie die Mühe!
Ich that, was meine Unterthanenpflicht
Gebot. Wenn mich ein preußisch Kriegsgericht
Verurtheilt nach dem Rechte der Eroberung,
Mein sächsisches Gewissen spricht mich frei.
Wenn mir Gesindel einbricht in mein Haus,
Bin ich im Stand der Nothwehr. Was ich ihnen
Abjagen kann von ihrer Beute, sei's
Durch List, sei's mit Gewalt, mein eigen ist's,
Und frei damit zu schalten, steht mir zu.
Das werd' ich vor den Richtern laut bekennen,
Und somit — lassen Sie uns gehn!

Marwitz.
        Sie werden
Dort keinen Anwalt finden, der für Sie
In diesem Sinne spräche. Uebertretung
Der Pflicht, die Sie mit Handschlag übernommen —
O mein verehrter Rath, erwägen Sie!
Um Ihrer Tochter willen, stoßen Sie
Den Freundesrath nicht weg! Nur Eines kann
Des Urtheils Strenge mildern: daß Ihr Vorsatz
Noch nicht zur That geworden. Wenn Sie sagen,
Daß über Nacht Sie den Entschluß bereut —

Ellinger.

Bereut, was ich mir rechne zum Verdienst?
Bin ich ein schwaches Weib, das sich bei Nacht
Durch böse Träume schrecken läßt? Dort liegt
Ein Schreiben an den Gouverneur. Ich will
Nicht wie ein Dieb mich stumm von dannen schleichen.
Mein Haus und alle Habe, die es birgt,
Geb' ich darin zur Gegenrechnung preis,
Für das, was meinem angestammten Herrn
Zu retten ich gehofft. Sie sehn, Herr Lieutnant,
So sehr wir unterdrückt sind, noch gelang's
Den Preußen nicht, den Mannesmuth zu brechen
In unsern Herzen.

Marwitz.

Alles denn umsonst! —
Nur Eines noch: falls Sie Papiere haben,
Geeignet, Sie und Andre bloßzustellen —

Ellinger.

Mit Niemand wechselt' ich ein schriftlich Wort.
Das einz'ge Schriftstück, das die alte Treue
Zu meiner Landesherrschaft mir bezeugt,
Der letzte Wille der hochsel'gen Fürstin,
Die mein gedachte, — hier auf meiner Brust
Hab' ich's verwahrt und denke, diesen Trost
Wird man mir lassen auch in Haft und Banden.

Marwitz (zögernd und leise).

Es schmerzt mich tief, doch dieses Trostes auch,
Des trügerischen, muß ich Sie berauben.

Ellinger (auffahrend).

Wie?

Marwitz.
In dem aufgefangnen Briefe rühmt
Der Pole sich des Streichs, der ihm gelungen.
Da seiner Lockung Sie sich nicht gefügt,
Hab' er, wohl wissend, wie ergeben Sie
Der Kurfürstin, ein Codicill geschmiedet
Zu ihrem Testament und einen Ring,
Als ein vermeintliches Vermächtniß an
Den treuen Diener, Ihnen überbracht.
Mit diesem Köder nur sei's ihm geglückt,
Trotz Ihres Starrsinns Sie ins Netz zu locken.

Ellinger
(hat in furchtbarer Erschütterung die letzten Worte vernommen, ein heftiges Zittern überfällt ihn, er greift mühsam in die Brusttasche, zieht ein Blatt heraus, das er mit allen Zeichen der Scham und Empörung zerreißt und zu Boden wirft, streift den Ring vom Finger und wirft ihn in den Kamin, bricht dann auf dem Sessel am Schreibtisch zusammen, das Gesicht in beide Hände verbergend).

Marianne
(stürzt zu ihm hin).
Vater! Mein armer Vater!

Justine.
Na, Herr Lieutnant,
Das hätten Sie uns auch ersparen können!
(geht nach dem Hintergrunde, wo neben dem Bett ein Krug mit Wasser steht, tränkt ein Tuch damit, kommt wieder nach vorn, um Ellinger bemüht, der heftig alle Sorge um ihn abwehrt.)

Marwitz.
Beim ew'gen Gott, ich durfte nicht, Justine.
Er mußt' es wissen, der verrathne Mann,
Was es für Menschen waren, denen er
Sein Glück aufopfern wollt' und seine Pflicht.

Marianne.
Wie fühlen Sie sich, lieber Vater?

Ellinger (richtet sich auf).
Gut!
Ich schäme dieser Schwäche mich. Doch jetzt
Ist's von mir abgefallen, und ein Gang
In frischer Luft — wo sind die Häscher? Rufen
Sie sie herein, Herr Lieutnant.

Marwitz.
Ich kam her,
Das Aergste abzuwenden. Eine Sänfte
Soll gleich bereit sein —

Ellinger.
Nein, zu Fuße will ich
Am offnen Tag hinschreiten durch die Gassen,
Und wenn die Leute fragen: Was verbrach
Der Christian Ellinger, daß vor Gericht
Er so geschleppt wird wie ein Taschendieb,
Dann soll man sagen: seinem Landesherrn
Hielt er die Treu! Geht hin und thut desgleichen!
(geht nach der Thür, öffnet sie. Man sieht draußen den Unteroffizier.)

Ellinger.
Ich bin bereit.

Marianne
(sich an ihn klammernd).
Vater — ich lasse Sie
Nicht ohne mich —

Ellinger.
Still! Du wirst bleiben, Kind.
Du hast ja die erwünschteste Gesellschaft.

Um mich sei unbesorgt. — Mir ist jetzt wohler,
Wenn ich den Anblick keines Menschen mehr
Ertragen muß.
(Er drängt sie von sich, geht rasch hinaus. Der Unteroffizier folgt ihm.)

Sechste Scene.
Justine. Marwitz. Marianne.

Justine.
Daß meine alten Augen
Den Tag noch sehen sollten!

Marianne (sie umfassend).
O Justine,
Ist es denn möglich!

Marwitz (am Schreibtisch).
Dieses Schreiben an
Graf Schmettau wird zu seinen Gunsten sprechen.
(steckt den einen Brief ein.)
Doch hier ist noch ein Brief: „An unsre treue
Justine."

Justine.
Was? an mich? Gebt mir den Brief,
Herr Lieutnant! (betrachtet die Aufschrift.)
Ja, da steht's: „An unsre treue" —
Na, wenn's noch mehr Justinen giebt, 'ne treu're
Giebt's nicht. Ach du mein Heiland! So ein Herr,
Und jetzt wie'n armer Sünder in Prison,
Und Niemand da zu seiner Abwartung!
Herr Lieutnant, wenn ich ihm die Dörte schickte —?
Nee, nee, das geht ja nicht. Mein alter Kopf
Ist ganz confus — 's war auch wie Blitz und Schlag.

Am Ende steht's da drin, wie's mein Herr Rath
Gehalten wissen will.
(will das Siegel aufbrechen, sieht auf Marianne, die in tiefem Schmerz vor
sich hinblickt, dann auf Marwitz, nickt mit dem Kopf.)
Na, 's ist wol besser,
Ich hol' mir erst die Brille.
(geht vor sich hin murmelnd rechts ab.)

Siebente Scene.
Marianne. Marwitz.

Marwitz.
Marianne —!

Marianne (zögernd).
Herr von Marwitz —

Marwitz.
Wie? So fremd
Kann meine Marianne zu mir sprechen?

Marianne.
O Wilhelm — nein, nicht Ihre mehr, nicht Ihre
Marianne, nur die unglücksel'ge Tochter
Des besten, ärmsten Vaters. Eines nur
Darf ich in dieser furchtbar'n Stunde denken,
Wie tief gebeugt er ist, mehr durch die Scham,
Daß schnöder Arglist er zum Opfer fiel,
Als durch die Furcht vor Strafe. Würden Sie
Mich achten können, wenn in meiner Brust
Raum wäre für ein selbstisches Bedauern,
Daß mir mein eignes liebstes Glück für ewig
In Trümmer fiel?

Marwitz.
Für ewig? O Marianne,
Und sollen wir der Hoffnung selbst entsagen,

Daß, was uns heut verloren scheint, dereinst
Uns neu gewonnen werde?

     Marianne.
        Nein, mein Freund,
Sie täuschen sich. Wie ich den Vater kenne —
Nie, nie verwindet er den Schlag. Daß Sie
Ein Zeuge waren dieser Stunde — ewig
Wird er's gedenken. Das wird zwischen uns
Für ewig stehn!
   (Die Stimme versagt ihr vor unterdrückten Thränen.)

     Marwitz.
    Marianne — du zerreißest
Das Herz mir in der Brust mit solchen Reden.
Nein, was ich jemals dir gelobt, noch heut
Und allezeit —

    Marianne (sich fassend).
    Still, lieber Freund! Ich weiß,
Sie meinen's treu. Doch all das hilft uns nichts,
Wir zwingen nicht das Schicksal.

     Marwitz.
      Doch! Wir zwingen's,
Durch feste Treue.

     Marianne.
      Treue? Könnt' ich je
Dir untreu werden? Eh doch müßt' ich es
Mir selber werden. So ein Mädchenherz —
Was einmal Wurzel darin schlug, das jätet
Selbst nicht die rauhe Hand des Schicksals aus.
Ihr Männer freilich, vollends ihr Soldaten —
Des Krieges Sturmwind treibt euch hin und her;
Wie kann ein schwacher Keim da Wurzel fassen?

Sie sehn, ich klage nicht. O ich bin tapfer!
Ich hätte wohl das Zeug gehabt zu einer
Guten Soldatenfrau. Und darum — kürzen
Wir diesen letzten Abschied! Komm, Geliebter,
Noch einmal küsse mich, so recht von Herzen,
Mit Schmerzen, wie man sich ans Leben klammert,
Wenn man es schwinden fühlt.

    Marwitz (sie umarmend).
        O meine Braut,
Du bist, du bleibst es, ewig!

    Marianne.
        Nein nein nein,
Ich war's und überselig, daß ich's war,
Und danke ewig dir für dieses Glück —
Und geb' es hin für ewig!
      (Löst sich von seinem Halse.)

Achte Scene.

Vorige. Justine (tritt wieder ein, den Brief offen in der Hand haltend).

    Justine
  (mit der Hand über die Augen fahrend.)
Den Brief, Mariannefen, den legst du mir
'mal unters Kissen, wenn ich meinen Kopf
Zum letzten Schlaf drauf hingebettet habe.

    Marianne.
    Was schrieb der Vater?

    Justine (giebt ihr den Brief).
Ich soll das Haus verwahren, ganz als wär'
Er nicht am Leben mehr, und wie ich's machte,

So sollt' es gut sein, und kein Andrer hätte
Was drein zu reden — und so Sachen mehr —
Herzbrechend ist's! Und solchen guten Mann,
Den will man wie 'nen Staatsverbrecher — sagen
Sie selbst, Herr Lieutnant, was, was kann man denn
Ihm anthun?

     Marwitz
   (leise, während Marianne den Brief lies't).
     Nicht ans Leben wird's ihm gehn,
Nein, fürchtet nicht das Aergste, Mütterchen.
Nur ein paar Jahre Festung —

     Justine.
        Festung? Ein
Paar Jahre? Nee, das überlebt er nicht.
Er ist ja nicht der Kräftigste. Die Gicht —
Der Husten, kommt er in ein kaltes Bett —
Und mit dem Essen, wenn nicht Alles ist,
Wie er's gebraucht — nee, sagen Sie, Herr Lieutnant,
Sie kennen ihn ja selbst und kennen auch
Den Gen'ral Zieten, und der Gen'ral Zieten
Kennt die Justine. Könnten Sie nicht Dem
Vorstellen, wie das Alles sich verhält,
Und daß es accurat ein Mord sein würde,
Wenn mein Herr Rath auf Festung —

     Marwitz.
       Ich muß fort,
Mich ruft die Dienstpflicht. Was ich irgend thun kann —
Doch allerdings, in solchen Fällen ist
Der König streng, und mitten jetzt im Feld,
Wo andre Sorgen ihn bestürmen —

Justine.
So?
Giebt's Sorgen, die noch wicht'ger sind, als daß
Ein Ehrenmann — na, 's ist schon gut! Ich seh' schon.

Marwitz.
Was irgend ich vermag —

Justine.
Schon gut, schon gut.
Na denn adje! (vor sich hin brütend.)

Marwitz.
Marianne —
(will sie umarmen.)

Marianne
(tritt zurück, reicht ihm die Hand).
Gehen Sie
Mit Gott, mein theurer Freund! Den Abschied haben
Wir schon genommen. Gott — behüte Sie!
(geht rasch nach rechts ab.)

Marwitz.
Und Ihr, Justine, hütet mir mein Mädchen.
Denn ob auch Berge sich dazwischen thürmen,
Nie, nie geb' ich sie auf!

Justine.
Schon gut! schon gut!
(Marwitz ab.)

Neunte Scene.

Justine (allein. Dann) Dietrich.

Justine (vor sich hin).

Ja, es muß sein! Kein Andrer bringt's zu Wege.
So 'n junger Mensch — da ist doch kein Verlaß,
Und meint er's noch so gut und würde reden
Wie'n Buch, — sobald sie ihm das Maul verbieten,
So muß er kuschen. Nee, ein alter Mensch
Wie ich — das is was Andres. Da is mehr
Respect, und dann — mein Junker wird doch wissen,
Wenn die Justine, die sich wie 'ne Schnecke
Ans Haus geklammert hat, noch mal mobil wird,
Da handelt sich's um keinen Pappenstiel,
Da ist was Großes los.

Dietrich (rasch eintretend).
Jungfer Gevattrin,
Ist es denn wahr?

Justine.
Was?

Dietrich.
Der Herr Steuerrath —
Herr Gott von Strambach! Den Herrn Lieutnant hab' ich
Gefragt, jetzt unten auf der Treppe — aber
Herrjemersch, hat Der Feu'r im Kopf! Nee, sagt,
Gevattrin — Unterschleif — Prison —

Justine.
Gevatter,
Wollt Ihr mir wol mal 'nen Gefallen thun?

Dietrich.
Da fragt Ihr noch? Versteht sich! Zehn für einen.

Justine.
Ich nämlich, auf der Stelle muß ich hin
Zu der Armee, nach Hochkirch, meinem Junker
Die Sache vorzustellen, und wenn der
Nicht compläsant ist, geh' ich bis zum König.
Nu, bis nach Bautzen sind es gut und gern
Zwei Tagereisen.
(Marianne tritt wieder ein, hat geweint, ist aber jetzt gefaßt.)

Dietrich.
Und die wolltet Ihr —

Justine.
Von da ins Lager ist's ein Katzensprung.
Wenn man 'nen Haudrer nimmt mit guten Pferden —

Dietrich.
Nee so was!

Marianne.
Reisen willst du? in dem bösen
Herbstwetter? Und dein Rheumatismus —

Justine.
Der
Mag zusehn, wie er's aushält. Aber ich
Halt's hier nicht aus. Na, Freundchen, kommt Ihr mit?

Dietrich (erschrickt).
Ich? Mitten in den Krieg hinein? Nee, Jungfer
Gevattrin, dazu taug' ich nicht. Ich bin
Kein Kriegsheld!

Justine.
Ja, das weiß ich. Aber dennoch,
Ich kann nicht ganz allein — ich fürcht' mich nicht
Vor den Soldaten. Vor 'nem alten Weib,
So heißt's im Sprichwort, nimmt der Teufel selbst
Reißaus. Doch wenn man über Siebzig ist —
Es könnt' mir unterwegs 'ne Schwachheit kommen,
Dann hätt' ich Niemand, der mich weiterlootf'te,
Sei's lebend oder todt, und hin doch müßt' ich,
Und wär's mein letzter Odem, den ich brauchte
Für meinen Herrn.

Marianne.
O Mütterchen, ich fürchte,
Du unternimmst zu Viel!

Justine.
Ist mir egal,
Ich thue was ich muß. Wie ist's, Gevatter?
Wollt Ihr die alte Bangebüchse bleiben?
Schämt Euch!

Dietrich.
Weeß Gott, Gevattrin, alles Andre,
Doch wo so viel geladne Flinten sind
Und Alles durcheinander knallt —

Justine.
Na, schön,
So fahr' ich denn allein.

Dietrich (eifrig).
Nee, nee, Gevattrin,
Beileibe nicht! Ich habe ja nicht Angst

Für mich — für Euch nur: du grundgüt'ger Gott,
Und so pressant — man überlegt doch —

Justine.
Dazu
Ist keine Zeit. Wir müssen morgen Abend
In Hochkirch sein — bedenkt doch bloß, Gevatter,
Ihr werdet dort den großen Fritzen sehn,
Am Ende könnt Ihr seinen Schattenriß
Ganz sachtken nach dem Leben fabriciren.

Dietrich (plötzlich verwandelt).
Ihr meint? Ja wenn es so ist — ja, dann geh' ich
Mit Euch bis in die Hölle! (steht in Verzückung.)

Justine.
Na, so schlimm
Wird's ja nicht werden. — Rede mir nicht drein,
Mein Döchterken, es ist beschloßne Sache.
Indessen halte du gut Haus. Da sind
Die Schlüssel. Uebermorgen, weißt du wol,
Ist große Wäsche. Daß die Weiber mir
So grob nicht mit den Hemden und Manchetten
Des Herren umgehn, wie das letzte Mal.
Und paß gut auf, der Dörte gieb den Schlüssel
Zur Speisekammer nicht, das näsch'ge Ding,
Gleich ist sie übers Eingemachte her.
Im Uebrigen — hier hab' ich abgestaubt,
Du weißt ja Alles. Und nun will ich gleich
Zum Fuhrmann schicken und mein bisken Zeug
Zusammensuchen — in zwei Stunden, Freundchen,
Geht's fort. Könnt Ihr parat bis dahin sein?

Dietrich.
Und müßt' ich reisen, wie ich geh' und steh',
Und hätte bloß die Scheer' und schwarz Papier,
Ich wär' parat!
Justine.
Na denn in Gottes Namen!
Und mit dem Deubel müßt' es zugehn, ließ'
Uns unser Herrgott in der Patsche stecken.
Kommt, Kinder, kommt!
(Indem sie sich nach rechts wendet, fällt der Vorhang.)

Dritter Akt.

Hof des Pfarrhauses in Rodewitz, Friedrich's Hauptquartier. Links das einstöckige Pfarrhaus, rechts gegenüber ein niedriger Stall mit einer Thür in der Mitte, rechts und links kleine viereckige Fenster, durch hölzerne Läden geschlossen. Eine niedrige Mauer begrenzt den Hof, das Thor in der Mitte steht offen, die Dorfstraße führt an der Mauer vorbei, dahinter die Kirche. Vorn rechts vor dem Stallgebäude ein Wachtfeuer, um dasselbe gelagert zehn bis zwölf Gardegrenadiere, Friedrich's Leibwache, darunter ein Unteroffizier, in seinen Mantel gewickelt auf der Erde schlafend, nahe bei ihm ein Gefreiter. Ganz rechts vor dem Stall die ebenfalls schlafende Marketenderin mit ihrem Karren. Vor dem Pfarrhause geht eine Schildwache auf und ab. — Finsterer Morgen, sternloser Himmel. Vom Kirchthurm schlägt es Vier*).

Erste Scene.

Der Unteroffizier
(richtet sich langsam auf, reckt sich, gähnt).

Uah! — Morjen, Kinder! — Was? Schnarchen noch alle wie die Ratzen? (horcht.) Vier Uhr! Na da ist's freilich noch nachtschlafende Zeit für 'nen Christenmenschen, wenn er in den Federn liegt. Aber in der verfluchten Nässe hier — (rüttelt den Gefreiten auf.) Holla, mein Sohn! Willst du hier deinen Winterschlaf halten wie'n Murmelthier?

Gefreiter
(sich verschlafen aufrichtend).

Zu Befehl, Herr Unteroffizier.

---

*) Bei der Aufführung empfiehlt es sich, sechs Uhr schlagen zu lassen, um gegen Schluß des Aktes hellere Beleuchtung zu haben.

Unteroffizier.

Suche deine klammen Gliedmaßen zusammen und lege ein bisken Holz nach. Das olle Feuer denkt ooch nich dran, daß es ein Wachtfeuer sein soll, und schläft ein.

Gefreiter (thut das Befohlene).

Das letzte Holz, Unteroffizier. Jetzt müssen die Tische und Stühle des Herrn Pfarrers dran. Warum ist er auch ausgekniffen!

Unteroffizier.

Weil's en kathol'scher is. Er hat gedacht, die Preußen fressen fette Pfaffen auf dem Sauerkraut. — Verflucht kuhles Morgenlüftchen! Man muß mit den Fäusten einheizen. (schlägt sich die Arme um den Leib.) Brrrr! Hast du nichts mehr im Brodsack, Gefreiter?

Gefreiter.

Keinen Krümel. Und die Flasche ist auch leer.

Unteroffizier.

Schöne Bescherung! Wir sitzen hier wie in der Mausefalle, und is nich mal Speck drin.

Gefreiter.

Will mal bei Mutter Gramschen visitiren. (nähert sich der Marketenderin.)

Unteroffizier.

Laß du das olle Thier man schlafen. Sie hat mir gestern ihr letztes Ende Wurst verkauft, auf Credit, und ist selbst hungrig zu Bett gegangen. Na, gut geschlafen ist halb gefrühstückt. — Kreuzmillionenschockschwerenoth! Mein wundes Bein brennt wie höllisches Feuer. Der Verband ist hart vom Blut geworden, wie'n Stück Holz. (setzt sich auf einen Schemel, sieht nach seiner Wunde.)

Ein junger Grenadier
(hat sich aufgerichtet, die Augen ausgerieben und eine Weile ins Feuer gestarrt, fängt plötzlich heiser an zu singen).
Morgen früh müssen wir marschieren,
Zu dem hohen Thor hinaus.
O du schön schwarzbraunes Mädchen —

Unteroffizier.
Halt's Maul, heiserer Rabe! Und wenn du 'ne Lerche wärst, den König sollst du schlafen lassen.

Grenadier.
Ich wollte bloß sehn, ob mir die Kehle nicht zugefroren ist. Der König hört's ja nicht, schläft ja hinten hinaus.

Unteroffizier.
Is mich egal. Hier wird nich gesungen, am wenigsten von Liebesgeschichten. Ich habe 'nen Haß auf alle Weiblichkeit, seittem die drei Weiber unserm Fritz das Leben sauer machen!

Gefreiter.
Wie so drei, Unteroffizier? Da ist doch bloß Die in Rußland und die Oesterreichsche.

Unteroffizier.
Und die Pompelduren in Frankreich, das giftige Mensch, rechnest du Die für Nichts? Fritz soll sie nich besonders ästimirt haben und hat Witze über sie gerissen, von wegen weil sie man so eine Matratze vom König ist, und nu ist sie Gift und Galle gegen uns. Na die Franzmänner, bei Roßbach haben wir ihnen gezeigt, was 'ne preußische Harke ist, und bei Zorndorf, erst vor sechs Wochen, da haben wir auch die Russen gekloppt. Aber nu bleiben noch die Schlimmsten, die sackermentschen Oesterreicher,

und die sind uns über an Anzahl, und der Laudon und
der Daun, die haben unserm Fritz was abgekuckt vom
Kriegshandwerk.

Ein Grenadier
(der sich inzwischen ermuntert hat und in den Vordergrund gekommen ist).
Na, der Daun liegt auch nich auf Daunen.

Unteroffizier.
Das muß wahr sein. Steht er nicht da drüben auf dem
Czernabog, dem Teufelsberg hinter Hochkirch, schon vier
Tage lang wie eingerammt und läßt uns in dem ver=
dammten Loch hier liegen, wo er uns Alle zu Brei zer=
quetschen könnte, wenn er sich 'runtergetraute? Aber er
hat Manchetten vorm Fritz.

Zweiter Grenadier.
Na, der König konnte auch was Klügeres thun, als hier
Posto fassen.

Unteroffizier.
Weißt du's besser, als Se. Majestät, du naseweiser Kiek=
indiewelt? Wenn Fritz sich was zutraut, weiß er, warum.

Zweiter Grenadier.
Er traut sich aber manchmal Mehr zu, als menschenmög=
lich ist.

Unteroffizier.
Eben darum bringt er auch zu Stande, was kein anderes
Menschenkind sich zugetraut hätte. — Verflucht! Das
sakkermentsche Bein will nich Ordre pariren! Hat Keiner
'nen frischen Lappen?

Erster Grenadier.
Wenn's der Putzlappen thut —

Unteroffizier.

Her damit! In der Noth frißt der Teufel Fliegen. (verbindet sich.)

Dritter Grenadier (sich reckend).

Himmelherrgott —! Ich bin ganz steifgefroren. Is doch en Hundeleben.

Unteroffizier.

Wer darf das sagen, der die Ehre hat, unterm Fritz die Muskete zu tragen! Is en Soldatenleben, nichts Besseres, nichts Schlimmeres. Heute auf Stroh, morgen im vollsten Jubilo. Aber du bist auch kein richtiger Preuße, bloß so'n Wasserpolacke, da kann man nich mehr verlangen. Laß dir sagen, mein Sohn, ich bin aus Neu-Ruppin, auf uns Neu-Ruppiner hält der König die größten Stücke, und ich habe schon den zweiten schlesischen Krieg mitgemacht. Dazumal sah das Regiment noch anders aus, lauter stramme Kerls, wie die Teufel auf den Feind, und muckst'en nicht, wenn's schlechte Quartiere gab. Den Schmachtriemen angezogen und Baumrinde geknabbert, statt Brod. Wo sind die jetzt? Lauter krüppliger Nachwuchs. Fragt mal die Mutter Gramschen, die war auch schon dabei bei Mollwitz und Hohenfriedberg — nich wahr, Mutter? (hinkt zu ihr hin.) Immer noch drusseln? Da tuckt euch das olle Jesichte an, wie'n Engel des Friedens. Die räsonnirt niemals, die thut immer ihre nahrhafte Schuldigkeit und avancirt nich mal, sondern bleibt immer Mutter Gramsch. (Die Leute lachen. Die Alte wacht auf.) Morjen, Gramschen! Ausgeschlafen? Ja woll, 'n jutes Jewissen is das beste Kissen. Werdet ihr's glauben, Leute, bei Hohenfriedberg, wie sie dicht hinter 'ner Batterie hielt und hatte abgeprotzt mit ihrem Karren, da sieht das alte Jeschöpfe den König, wie er mitten in der Bataille durchs Fernrohr tuckt, und er kommt ihr en bischen blaß und vernüchtert vor. Was thut sie? Sie nimmt ihre Pulle und avancirt mitten durch Kanonen und Mannschaften durch bis zu Seiner Majestät und reicht ihm die Pulle 'rauf und ruft: Trinken Sie mal 'nen Schluck, Majestät! 's is reiner Korn und wird Ihnen gut thun. — Na, da trank er denn, und wir gewannen die Bataille. Ja, die Mutter Gramsch, die is 'ne richtige Soldatenmutter.

Die Grenadiere (lachend).
Fifat hoch! Mutter Gramsch soll leben!

Marketenderin.
Na hört man uf! So viel Ehre bin ich nich werth.

Unteroffizier.
Doch, Gramschen. Kann sein, daß uns heut das letzte Brod gebacken ist. Dann ist mir's lieb, daß ich Ihr noch mal meine Hochachtung habe bezeigen können. (klopft ihr auf die Schulter.)

Zweite Scene.

Vorige. (Draußen auf der Dorfstraße von links wird) Dietrich (von) zwei Soldaten (herangeschleppt und an das Wachtfeuer vorgeführt).

Dietrich.
Nee aber hör'n Se doch, mein Gutester,
Ich bin Sie ja, weeß Gott! nicht, was Sie glauben,
Ich bin ja werklich keen Spion.

1. Soldat.
Stille, verdammter Sachse! Was Er ist, wird sich schon finden. (hat ihn nach vorn geführt. Dietrich zittert am ganzen Leibe, sieht sich angstvoll um.) Wo ist der Unteroffizier oder Sergeant?

Unteroffizier.

Hier, mein Sohn. Unteroff'zier Pfeifer vom ersten Gardegrenadier=Regiment. Was habt ihr denn da für'n Vogel gefangen, oder ist's 'ne Fledermaus?

Dietrich.

Ach mein geschätzester Herr Unteroffizier,
Wenn ich Sie doch gehorsamst bitten dürfte —

Unteroffizier.

Kreuzelement! Nicht raisonnirt! An Ihn wird auch die Reihe kommen. — Rapportire, mein Sohn!

1. Soldat.

Ich stand auf Vorposten, Herr Unteroffizier, 'nen Hundeblaff von dem Dorf Canitz nach Bautzen zu, war eben abgelös't worden, freute mich drauf, noch ein Stündchen nachzuschlafen, dachte —

Unteroffizier.

Kerl, was gehn mich seine Gedanken an! Rapportire Er ohne viel Fisematenten.

1. Soldat.

Zu Befehl, Herr Unteroffizier. Wie ich also eben linksum kehrt mache, seh' ich was Graues an unsre Vor= postenkette 'ranschleichen, wittre gleich Unrath, springe auf den Grauen los und faß' ihn beim Wickel — da war's der Bursche da, dem ich's gleich an der Nase ansah, daß er faule Geschichten vorhatte.

Dietrich.

Ach du Grundgütiger! An meiner Nase —

Unteroffizier.

Stille, Kerl! Fortfahren!

1. Soldat.

Ich schrei' ihn also an: Was hat er hier bei nacht=
schlafender Zeit herumzupuken? Na und der Jammer=
lappen, wie er meine Fäuste spürt, sagt er in der Angst
Alles raus, ganz ohne Umschweife, wie daß er nämlich sich
bloß hat erkundigen wollen, wo der König sein Quartier
hat und ob man den General Zieten nicht sprechen kann.
Darauf hab' ich ihm die Taschen visitirt, nach verdächtigen
Briefschaften — der Hundsvott hatte aber Nichts bei sich,
als 'ne Scheere und Geld.

Unteroffizier.
Geld? Wo ist das Geld?

1. Soldat.

Der Sergeant von der Wachtkompagnie hat's einstweilen
aufgehoben — lauter sächsische Thaler, mich aber hat er
hercommandirt, es sollte dem König gemeldet werden.

Dietrich.
Mein gutstes Herrchen — nee, weeß Gott, ich bin Sie
Ja kein Spion. 's ist ja mein eigen Geld.
Ich bin —

Unteroffizier.
Maul halten! Was Er ist, das sehen wir. Ein Ge=
spenst ist er nicht, die haben keine Börse bei sich und auch
keine Taschen, aber ein sächsischer Cujon ist er, so viel ist
klar, und hat Geld gekriegt vom Feinde, um auszuspio=
niren, wo der König von Preußen und seine Generals
einquartirt sind, und 'ne Scheere, um ihnen den Lebens=
faden durchzuschneiden oder sonst irgend ein Bubenstück an
ihnen auszuführen. Wenn Er das leugnet, kriegt Er die
Fuchtel zu kosten. Na, will Er bekennen oder nicht?

Dietrich.

Ja ja, nee nee, mein hochgeschätzester
Herr Unteroffzier! Ich bin Sie ja, weeß Gott,
Unschuldig wie ein neugebornes Kind.
Ich hab' mein Lebtag mich in Kriegsaffairen
Nicht eingemengt, bloß aus Gefälligkeit,
Weil die Gevattrin, 'ne gewisse Jungfer
Justine —

Unteroffizier.

Ei so lüg du und der Deibel! Will Er uns hier
blauen Dunst vormachen mit Gefälligkeiten und Jungfern=
schaften? Zieht ihm mal ein paar mit der Fuchtel über,
daß er Respect kriegt vor der Militärjustiz!

Dietrich (sich windend).

Um des barmherzigen Heilands willen, nee,
Nur das nicht, mein Verehrungswürdigster!
Ich hab' 'nen schwachen Rücken — hab' erst neulich
Mich schröpfen lassen — nee, beim ew'gen Heil,
Ich lüge nicht.

Unteroffizier.

Was? Er wäre kein Spion? Warum zittert und bebt
er denn wie ein Halunke, dem das schuftige Gewissen im
Leibe rumort, als hätt' er einen lebendigen Aal ver=
schluckt?

Dietrich.

Nee hör'n Sie, sehn Sie, 's is ja bloß, weil Alle
Mich so ankucken wie nichts Guts, und dann
In Canitz, bis wohin der Vorspannbauer
Uns gestern Nacht gefahren — in der Scheune,
In der wir unterkamen, zog es Ihnen
Ganz elend, davon kriegt' ich den Katarrh,
Und weil ich doch kein Auge zuthun konnte,

Gevattrin, sagt' ich, werde mal ein bischen
Recognosciren. Wird es Tag, so wissen
Wir gleich, wohin wir uns zu wenden haben.
Denn die Gevattrin, die in Diensten steht
In Dresden beim Rath Ellinger, die will
Dem König ein Gesuch einreichen — na
Und ich, obschon ich auch ein Dresdner bin,
Gewesner Hofkonditor — für den König
Von Preußen hab' ich, seit ich denk', 'ne große
Ehrfurcht und Veneration gefühlt,
Und darum —

          Unteroffizier.

Stille! Das ist ja der abgefeimteste Lügenbeutel, der mir meiner Lebtage vorgekommen ist. Gevatterin und Hofkonditor und Veneration — für jede seiner verdammten Flausen wird man Ihm vierundzwanzig aufzählen, daß ihm die Gevatterschaft und die Hofkonditorei für ewige Zeiten vergehn. Was? So'n falsches Zweigutegroschen=
gesicht, so 'ne Galgenschwengelvisage, und 'ne Memme obendrein? Ich glaube gar, der Spitzbube flennt!

          Dietrich.

's ist bloß der Schnupfen. Ach mein gutester
Herr Militär, auf Ehr' und Seligkeit —

          Unteroffizier.

Schnuppen? Na da wollen wir ihn ins Warme bringen, wo ihn keine rauhe Luft anblasen soll. Im Stall drüben ist Platz genug, kein Ochse mehr drin außer Einem, wenn Er 'reinkommt. Da kann er sich was zu=
sammenkonditern, bis der König aufwacht. Marsch mit ihm ins Loch!

(Die zwei Soldaten fassen Dietrich wieder, der sich angstvoll sträubt.)

Dietrich.

Ich protestire. Fassen Sie mich nicht
So heftig an, geschätzte Freunde! Nee,
Ich will zu Gen'ral Zieten.

Unteroffizier
(während Dietrich in den Stall geführt und die Thür hinter ihm verriegelt wird).

Hat Einer so 'nen verstockten Schuft jemals gesehn? Aber bei mir ist er an den Unrechten gekommen.

Marketenderin.

Na hört, Pfeifer, auf den Fang könnt Ihr Euch ooch nich ville zu gute thun.

Unteroffizier.

Wie so, Gramschen?

Marketenderin.

Daß Der's Pulver nicht erfunden hat, sieht doch ein kleenes Kind, so 'ne schafsmäßig dumme Ehrlichkeit kuckt ihm aus den Augen.

Unteroffizier.

Da seid Ihr schiefgewickelt, Gramschen. Die Sächser, die kennt Ihr nicht, die sehn meistentheels aus wie unsern Herrgott seine Osterlämmer, haben's aber dicke hinter den Ohren. Nee, Mutter, das kennt man. Mir soll Keiner kommen. Ich habe mehr als Einen verfluchtigen Spion hängen helfen, und fast Alle verschworen sich auf Ehr' und Seligkeit, sie wären so rein wie ein frisch geworfenes Ferkel. Aber ein Hofkonditor war freilich noch nicht dabei.

(Die beiden Soldaten, die Dietrich gebracht haben, gehn durch das Hofthor wieder ab.)

Dritte Scene.

Vorige. Marwitz (eilig durch die Dorfstraße von links).

Marwitz.
Ist General von Zieten hier beim König?

Unteroffizier (salutirt).
Nee, Herr Lieutnant.

Marwitz.
So muß ich sehn, wo ich ihn finde. — Könnt' ich
Nicht Se. Majestät — ich hätte Wicht'ges
Zu rapportiren —

Unteroffizier.
Ist rein unmöglich, Herr Lieutnant. Se. Majestät ge=
ruhen noch zu schlummern, haben streng verboten, Sie zu
wecken, und das bisken Nachtruhe unseres Fritz ist uns
heilig.

Marwitz.
So muß der General wohl selber kommen.

Vierte Scene.

Vorige. (Wie Marwitz sich nach dem Hofthor wendet, kommt) Justine
(die Dorfstraße daher, von dem) Cornet (geleitet).

Unteroffizier.
Potz Schwerenoth, da kommt wahrhaftig noch ein altes
Weib. Das ist am Ende die Gevatterin, die kann gleich
zu ihrem Hofconditor in den Stall, ihm Gesellschaft zu
leisten, bis er gehängt wird.

Marwitz.
Justine! Ihr!

Justine (außer Athem).

Na, Gott sei Lob und Dank,
Da treff' ich gleich 'nen guten Freund.

Marwitz.

Wie kommt Ihr
Hieher, bei Nacht und Nebel?

Justine.

Ja, Herr Lieutnant,
An diese Reise werd' ich denken, wenn
Ich hundert Jahr alt werde. Aber jetzt —
(faßt ihn an.)
Wo komm' ich, sagen Sie, zu meinem Junker,
Dem Gen'ral Zieten?

Marwitz.

Ich will selbst zu ihm
Ihr aber — mein Herr Chef hat keine Zeit,
Euch vorzulassen —

Justine.

Wie? Bin ich nicht eigens
Deßhalb den weiten Weg — die alten Knochen
Die werden's lang noch spüren —

Marwitz.

Haltet mich
Nicht auf. Ich bin im Dienst. In Eurer Sache —
Ich trug sie warm dem Gen'ral Zieten vor —
Ist überhaupt noch kein Bescheid gefallen,
Und jetzt — wir stehn in diesem Augenblick
Vor ernstester Entscheidung. Alles Andre
Muß da zurückstehn. Gott befohlen!
(geht eilig ab.)

Justine (ihm nachsehend).
                              Wie?
Und das ist Alles? Ist das auch Manier?
Nicht mal gefragt, wie ich geschlafen habe,
Und wie's der Marianne geht? Ei sieh doch!
Und erst vorgestern „Mütterchen Justine"
Hinten und vorne? Sag' ich es nicht immer:
Der Krieg, der macht aus Menschen wilde Bestien.
Da muß ich wohl bei diesen Herrn —
           (nähert sich dem Unteroffizier.)

Unteroffizier.
Was hat die alte Nachteule hier zu suchen?

Justine.
Ach, lieber Herr Sergeante, oder was
Ihr sonsten seid, ich bin ja auch 'ne Preußin,
Aus Wustrau bin ich und bin hergekommen,
Bei meinem König um Audienz zu bitten.
Der junge Mensch hier (auf den Cornet deutend)
                      sagt, mein König sei
Hier dichte bei. Wenn Ihr die Güte hättet —

Unteroffizier.
Hol' Sie der Henker, Alte! Will Sie sich Seiner Majestät präsentiren am dustern Morgen? Weiß Sie nicht, daß es Unglück bringt, wenn einem zuerst am Tage ein altes Weib begegnet? Wenn wir heute Bataille haben und Schläge kriegen, ist Sie Schuld dran.
(Die Soldaten lachen.)

Justine.
Wie wird denn auch mein König Schläge kriegen!
Nee, nee, führt mich nur hin. Denn es pressirt,
Weil mein Herr Rath sonst auf die Festung kommt.

Und darum bin ich mit Gevatter Dietrich
Hieher gereis't, und dieser dreiste Mensch —
Sonst so'n Angsthase, aber wenn so Einer
Einmal Courage kriegt, geht's mit ihm durch —
Der hat vor Thau und Tag sich aufgerappelt,
Sich zu erkund'gen — und nun bin ich bange,
Er hat sich irgendwo verlaufen. Ach,
Herr Militär —

Unteroffizier.

Nu sieh Einer! Also Sie ist die Gevattrin, und Dietrich heißt der Spitzbube? Na ja, Dietriche braucht man, wenn man auf Diebsschliche aus ist.

(Soldaten lachen.)

Marketenderin.

Da seht Ihr's, Pfeifer, hab' ich nu nich Recht gehabt? Der Mensch is eine unschädliche Creatur. Seit wann nimmt sich Einer so 'ne alte Schachtel auf Spionage mit? Den hättet Ihr nicht einzuspunnen brauchen!

Justine.

Was? Eingesperrt als 'nen Spion, den braven
Gevatter Dietrich? Du barmherz'ger Heiland!
Solch eine friedliche Civilperson,
Und soll am Ende gar noch füsiliert
Oder gehangen werden? Na da komm' ich
Noch just zur rechten Zeit. Das darf der König
Nicht leiden, nee bei Gott! Ich will ihm sagen,
Daß der Gevatter, ist er auch ein Sachse,
Mit aller Hochachtung und Reverenz
Ihn immer ästimirt hat.

Unteroffizier.

Wird Fritzen eine große Ehre sein! (Soldaten lachen.)

Justine.
Ja, lacht nur über so ein altes Mädchen!
Ich fürcht' euch nicht, wenn ihr auch Mordsgewehre
Und blanke Säbel habt. Und hört der König,
Wie despectirlich man mich hier tractirt —

Marketenderin.
Sei Sie man stille, Mutter. Die Herrn Soldaten sind nich so schlimm als wie sie aussehn. Und auch Ihrem Gevatter haben sie kein Haar gekrümmt, ihn nur ein bischen da in den Kuhstall eingespunnt.

Justine.
Was? In den Kuhstall? Du barmherz'ger Heiland!
'nen Hofkonditor, der an Reinlichkeit
Und Propperté gewöhnt ist —

Unteroffizier.
Ja im Krieg is es nich anders. Ein Palais konnten wir dem Herrn Hofkonditor nicht bauen lassen. Aber hoch genug wird er befördert werden, wenn er sich nicht ausweisen kann.

Dietrich
(hat einen Fensterladen geöffnet, steckt den Kopf hinaus).
Gevattrin! Eiherrcheeses! Seid Ihr's wirklich?
Ja seht, so haben sie mir mitgespielt.
's ist wenigstens 'ne schöne Temp'ratur
Hier in dem alten Kasten.

Justine.
Nee, Gevatter,
's ist himmelschreiend. Doch verlaßt Euch drauf,
Ihr bleibt nicht lang da drinnen.
(zum Cornet) Komm, mein Sohn!

Cornet.
Wohin?

Justine.
Zu meinem Junker, dem Gen'ral
Von Zieten. (zu den Andern)
Ja, nu macht ihr große Augen.
Der Herr Gen'ral, der kennt mich, der wird euch
Kuranzen, weil ihr nicht das Alter ehrt.
Bei dem bin ich in Ehr' und Affection,
Und wenn er mir das Wort beim König redet,
Dann sollt ihr sehn —

Unteroffizier.
Wenn Sie zum General Zieten will, Sie verrückte alte Nachteule, das kann Sie näher haben. Da kommt er eben her.

Justine.
Na, Gott im hohen Himmel sei gelobt!

Fünfte Scene.

Vorige. Zieten (kommt die Dorfstraße herauf, tritt ein). Ein Adjutant (folgt ihm).

Zieten.
Ist Se. Majestät schon aufgestanden?

Unteroffizier.
Bedaure, Herr General. Majestät schlafen noch, haben Ordre gegeben, sie nicht zu wecken.

Zieten.
Gleichviel. Ich muß zu ihm.
(zum Adjutanten)
Ihr wartet hier.
(geht auf die Hausthür zu.)

Justine (vertritt ihm den Weg).
Schön' guten Morgen, mein Herr General.
Frisch und gesund noch bei dem schlechten Wetter?
Das freut mich. Na, die andre wollne Jacke
Zum Wechseln, die wird auch bald fertig sein.

Zieten.
Justine! Bist du ganz des Teufels, Alte,
Daß du dich hier im Lager treffen läßt?

Justine.
Ja, lieber Junker, 's ist nicht zum Pläsir.
's ist, weil es meinen Herrn betrifft, den Herrn
Rath Ellinger. Mein Herr Gen'ral entsinnt sich,
Der Lieutnant Marwitz hat ja meinem Junker
Schon mitgetheilt —

Zieten.
Und darum kommst du her?
Um solche Bagatelle?

Justine.
Nu, ich dächte,
'ne Packatell' ist's nicht, wenn Einer auf
Die Festung soll. Und darum wollt' ich bitten,
Der König wird ja wol ein Einsehn haben —

Zieten.
Wo denkt Sie hin? Dazu ist keine Zeit.
Mach, daß du fortkommst, eh das Kriegsgewitter
Dir auf den Puckel kommt.

Justine (faßt seinen Arm).
Mein gnäd'ger Junker —

Zieten.

Laß mich in Frieden, sag ich! Schwerebrett!
Bist du bei Troß? Schafft mir die Alte weg,
Hört ihr? Fort aus dem Lager, auf der Stelle!
(während er ins Haus tritt.)
Und mach, daß du nach Bautzen kommst, verstanden? (ab.)

Sechste Scene.
Vorige (ohne Zieten).

Unteroffizier.

Na, wie is es, Mamsell Sturmbock? Hat Sie sich nu die Hörner abgelaufen?
(Soldaten lachen.)

Justine
(hat Zieten wie versteinert nachgesehen, sinkt in sich zusammen, der Cornet schiebt ihr eine Trommel unter, auf die sie sich niederläßt).

O du mein Heiland! So was zu erleben!

Unteroffizier.

Na flenne Sie man nich! Der Herr General is sonst kein Verächter des schönen Geschlechts, aber im Dienst hört die Galantrie auf. Will Sie sich nu retiriren oder Ihrem Herzallerliebsten im Kuhstall Gesellschaft leisten?

Marketenderin.

Laßt sie man in Frieden, Pfeifer. (nähert sich ihr mit einer Flasche.) Da, Mutter, da ist noch ein Restchen bittre Pommeranzen, das wird ihr gut thun.

Dietrich.

Ja, trinkt, Gevattrin, und dann macht Euch fort!
Um mich seid unbesorgt. Nee nee, ich werde
Nicht vor die Hunde gehn.

Justine
(schüttelt den Kopf, steht auf).
                    Nicht einen Tropfen!
Ich brauche Nichts. 'nen Bittern hat mir schon
Mein Junker eingeschenkt. Doch eh ich nicht
Den König selbst gesprochen, geh' ich nicht
Vom Fleck und sollt' ich sterben!

Unteroffizier.
Angetreten! Richt't euch! Präsentirt das Gewehr!
(Die Soldaten stellen sich in Reih' und Glied.)

Siebente Scene.

Vorige. Der König (in Hut und Mantel, hinter ihm) Zieten (treten aus dem Hause, hinter ihnen) zwei Offiziere.

König.
Nein, Zieten, wie gesagt, Ihr seht Gespenster.

Zieten.
Erlaub' Ew. Majestät mir zu bemerken,
Von allen Seiten wird mir rapportirt,
Seit Mitternacht schon sei'n verdächtige
Bewegungen beim Feinde wahrgenommen.
Das Corps des Gen'ral Laudon ziehe sich
Ganz sacht die Höh'n entlang in weitem Bogen
Durchs Waldgebirg. Gelingt's ihm, über Beschen
Und Jauernick bis Hochkirch vorzudringen,
Ist unser rechter Flügel fest umklammert.
Ich bitte unterthänigst um Befehl,
Ob ich mit den Dragoner=Regimentern
Normann und Czetteritz die Cürassiere
Schönaich's soll an mich ziehn und dann vorbrechen,
Eh es zu spät.

König (schnupft).

's ist noch zu frühe, Zieten.
Ihr wißt, mon cher, der Brodtransport aus Sachsen
Kann frühstens heut eintreffen. Ehe der
Nicht angelangt, wär's tollkühn und verkehrt,
Nach Schlesien den Durchmarsch zu forciren.
Nur einen Tag Geduld noch. Eure große
Vivacité ist löblich, doch Ihr werdet
Sie zügeln müssen.

Zieten.
Majestät —

König.
Der alte
Cunctator Daun, verlaßt Euch drauf, auch diesmal
Wird er nichts wagen.

Zieten.
Auch Feldmarschall Keith,
Der bei mir vorsprach, war der opinion,
Wenn die Herrn Oesterreicher uns auch heute
Nicht attaquierten, so verdienten sie,
Gehängt zu werden.

König.
Nun, mein lieber Zieten,
Ich denk', die Herren Oesterreicher werden
Sich mehr vor mir, als vor dem Galgen fürchten.
(sieht sich um, erblickt Justine.)
Wie kommt die alte Weibsperson hieher?

Zieten (für sich).
Verwünscht! Noch immer hier?

Justine
(tritt vor, knixt ehrerbietig).
Ew. Majestät
Entschuld'zen unterthänigst — ich — ich bin —

Friedrich.
Will ein Soldatenweib in Wochen kommen,
Daß man aus Bautzen eine Wehemutter
Hat kommen lassen? (zu den Soldaten)
Schafft die Weiber aus
Dem Lager fort!
Unteroffizier.
Ew. Majestät mit Respect zu melden, 's is 'ne ver=
rückte alte Person, uns eben zugelaufen, will partu den
König sprechen.
Zieten.
Ich bitt' Ew. Majestät —

König (Justine fixirend).
Die Alte hat
Courage. Nun? Wer ist Sie? und was will Sie?

Justine.
Justine Zanders, Ihro Majestät
Zu dienen, meinem großen König seine
Getreue Unterthanin, denn ich bin
Aus Wustrau, Ihro Majestät. Der Herr
Gen'ral von Zieten kennt mich.

Friedrich (zu Zieten).
Ist das wahr?
Zieten
(der auf Kohlen steht).
Ja, Ew. Majestät, ich kenne sie.
Ein braves Frauenzimmer. Doch was fällt
Der Alten ein, sich jetzt —

Friedrich (zu Justine).
Wie alt ist Sie?

Justine.

Bin über Siebzig, Ihro Majestät
Zu dienen, zwölf Jahr älter als mein Junker,
Will sagen, Herr General Hans Joachim
Von Zieten. Denn ich kannt' ihn schon, als er
Man erst drei Käse hoch. Als Kindermädchen
Kam ich zu ihm. Jetzt aber bin ich lange
In Dienst bei einem guten sächs'schen Herrn,
Rath Ellinger, wenn Ihro Majestät
Gehorsamst sich erinnern wollen —

Friedrich.
       Was
Schwatzt Sie da alles! Dépéchir' Sie sich!
Wir haben keine Zeit.

Zieten.
  Ew. Majestät —

Justine.
Der Herr General wird Ihro Majestät
Berichtet haben — ach du meine Güte!
Wie soll ich's nur in Kürze —

Zieten.
      Es betrifft
Den Mann in Dresden, Ew. Majestät,
Der mit dem Hof in Warschau —
    (spricht leise weiter.)

Justine.
      Herr, mein Gott,
Nu wende du das Herz des großen Königs
Zu Mild' und Gnade!

Friedrich (schnupft).
: Hm! Fataler Handel.
Ich thät' Ihr gern was zu Gefallen, Alte,
Weil Sie ein couragirtes Frauenzimmer
Und hat uns unsern Zieten aufgepäppelt.
Kann aber Ihr nicht helfen. Unterschlagung
Von Steuergeldern, strafbare Intriguen —
Wenn ich hier kein Exempel statuirte,
So griffen solcherlei désordres um sich.
Als 'ne verständige Person wird Sie's
Begreifen. Drum adieu!
(wendet sich zu Zieten.)

Justine (tritt ihm näher).
: Ihro Majestät
Entschuld'gen unterthänigst —

Zieten.
: Ist Sie ganz
Des Teufels, Alte?

Justine.
: Nee, das bin ich nicht,
Auch red' ich jetzt mit meinem Junker nicht,
Der mich nicht kennen will, ich stehe hier
Vor meinem gnädigen und großen König,
Der das geringste seiner Landeskinder
Anhört, wenn's gilt, Gerechtigkeit zu üben.

Friedrich (heftig).
Gerechtigkeit? Ihr monsieur Ellinger —
Hat er ein Recht gehabt, die Gelder, die
Ihm anvertraut, für die er als Beamter
Verantwortlich, nach Polen abzuliefern?
Getraut Sie sich, solch einem Unterschleif
Das Wort zu reden?

Justine.

Ja, mein großer König,
Das trau' ich mir wohl zu. Denn mein Herr Rath
Mag Unrecht haben vor dem preußischen
Gesetz. Vor dem jedoch, das ihm als Sachse
Ins Herz geschrieben, kann er wohl bestehn.
Denn seinen angestammten Landesherrn
In Stich zu lassen, weiß er ihn in Noth,
Das bringt kein guter Bürger übers Herz.
Und ward mein großer König drum verkürzt?
Hat mein Herr Rath nicht Haus und Hab' und Gut
Zurückgelassen, daß der preußische
Herr Gouverneur sich schadlos daran hielte?

Friedrich.

Gleichviel. Beschworne Pflicht hat er verletzt,
Und wenn ein Jedermann so handeln wollte —

Justine (rasch einfallend).

Nu ja, so liefen alle treuen Sachsen
Aus Dresden weg. Wär' aber das ein Schade
Für Ihro Majestät? Die Stadt bleibt stehn,
Die nehmen sie nicht mit.

Friedrich (lacht leise).

Comme elle radote!

Justine
(dadurch ermuthigt, rückt ihm noch näher).

Bedenken ferner Ihro Majestät:
Käm's einmal umgekehrt und preußische
Beamten thäten, was mein Herr gethan —
Nee, nich gethan! er hat's nur wollen thun,
Von dem verwünschten Polen aufgestiftet —

Würd' Ihro Majestät nicht selbst beklagen,
Daß ein getreuer Unterthan das Opfer,
Das er gebracht, mit Festungsstrafe büßt?
Wo Treue Wurzel schlägt, so heißt's im Sprichwort,
Da macht Gott einen Baum daraus. Den Baum
Soll man nicht umhaun. Kommt mal heiße Zeit,
So giebt er Schatten, Ihro Majestät.

Friedrich (zu Zieten).
Parbleu! Elle ne fait pas mal son métier d'avocat
du diable. (schnupft.)

Justine (kniet vor ihm nieder).
Mein großer König, ich bin bloß 'ne alte
Einfältige Person. So wahr ich aber
Im Herzen immer meinem Landesherrn
Die Treue hielt, obschon in fremdem Land,
So wahr wird's meinem König unser Herrgott
Vergelten, wenn er diesmal Gnade übt.
Was unrecht war — ich stehe gut dafür —
Er wird's nicht wieder thun, er ist ja sonst
Die Bravheit in Person. Und überall,
Wo man ihn kennt, wird's Ihro Majestät
Hoch angerechnet werden —

(Während sie niedergekniet ist und zum König gesprochen hat, ist Marwitz
hastig hereingekommen und hat Zieten leise einen Bericht erstattet.)

Zieten (hastig zum König).
Majestät,
So eben meldet mir Feldmarschall Keith —
(spricht leise weiter.)

Justine.
Und darum hoff' ich, daß mein gnäd'ger König —

Friedrich.
Genug! Wo ist mein Pferd?

Justine.
Ein einz'ges Wort
Aus solchem Mund kann Tod und Leben geben.
Auch heißt's mit Recht ja: wer regieren will,
Der muß auch können durch die Finger sehn.
Und darum —

Friedrich (hebt den Stock drohend).
Fort da!
(Ein Kanonenschuß aus der Ferne.)
Meine Adjutanten!
(Die beiden Offiziere treten heran.)
Sie hören, meine Herrn den Morgengruß
Des Feinds. Wir woll'n gebührend ihn erwidern.
Kommt, Zieten! En avant!
(geht rasch hinaus, die Andern folgen.)

Unteroffizier.
Angetreten! Rechtsum! Marsch!
(Die Wache marschirt dem König nach. Fernes Kanoniren. Auf der Dorfstraße eilen Offiziere herbei, Truppen folgen.)

Achte Scene.
Justine. Die Marketenderin. Dietrich (am Stallfenster).

Justine
(richtet sich langsam auf, fährt mit der Hand über die Stirn, wie aus einem Traum aufwachend).
Was ist denn das, das Bumpern von da drüben?
Und warum rennt auf einmal Alles weg?
Hier stand doch eben noch der König — oder
Hat mir das nur geträumt?

Marketenderin.

Man sieht, Mutter, daß es Ihre erste Campagne is. Hat Sie noch niemals Kanonen gehört? Ich kann auf 'ne Viertelmeile 'nen Sechspfünder von 'nem Zwölfpfünder unterscheiden. Und daß sie alle weggesprungen sind, wie Flöhe, wenn man ein altes Camisol ausklopft, das bedeutet: Nu geht's los.

Justine.

Ihr meint, es giebt 'ne Schlacht?

Marketenderin.

Und 'ne düchtige. Na schließt Euch man an mir an. Uns geschieht Nichts.
(spannt sich vor ihren Karren.)

Cornet (kommt eilig zurück).

Der General Zieten schickt mich, Euch zu sagen,
Ihr sollt ins Haus hinein und eher nicht
Den Kopf Euch unterstehn hinauszustrecken,
Als bis es über Euch in Trümmer fällt.

Justine.

So? Läßt der Herr Gen'ral mir's wirklich sagen,
Obschonst er mich vorher nicht mehr gekannt?
Na, und der König, läßt mir der nichts sagen?
Kein Wort von Gnade?

Cornet.

Wo auch denkt Ihr hin?
Es geht auf Tod und Leben jetzt. Lebt wohl!
(eilig wieder ab.)
(Justine steht kopfschüttelnd und vor sich hinblickend. Das Schießen
dauert fort.)

Justine.
Dann hätt' ich mir die Mühe sparen können.

Dietrich.
Gevattrin, habt Ihr mich denn ganz vergessen?

Marketenderin.
Je, der Herr Spion! Na, den müssen wir man erlösen!
(läßt den Karren stehn, geht nach dem Stall, schiebt den Riegel zurück.)

Dietrich
(tritt heraus, eine große Silhouette des Königs stolz vor sich her tragend).
Da hab' ich ihn, Gevatterin, Victoria!
Da hab' ich ihn! Nee, seht nur, ist er nicht
Zum Sprechen ähnlich? Was nu kommen mag,
Ich habe meinen Preis heraus. So schön
Ist mir seit lange Nichts geglückt.

Justine.
     Ach, geht mir
Mit Eurem großen Fritz! Der ist man auch
Ein König, wie sie alle. Schlachten mag er
Gewinnen können, aber Herzen? Nee,
Das nicht. Meins wenigstens ging ihm verloren.
Ins Haus hinein? Hier draußen will ich sterben!
Denn wozu lebt man, wenn man nicht mehr hat,
Was man wie einen zweiten lieben Gott
Verehren kann! Geht Ihr hinein, Gevatter,
Und kommt Ihr durch, grüßt mein Mariannecken
Und den Herrn Rath und sagt: Justine starb
Auch auf dem Feld der Ehre, weil sie treu war
Bis in den Tod.
   (setzt sich auf die Trommel.)

Marketenderin.
Kommt, Mütterchen!

Justine.
Nee, nee!
Hier bleib' ich, unter Gottes freiem Himmel
Und steh' vorm jüngsten Tag nicht wieder auf!
(zieht ihren Mantel über den Kopf, versinkt in sich. Das Schießen wird stärker.)

(Vorhang fällt.)

Vierter Akt.

Zimmer wie im ersten Akt. Mittag.

Erste Scene.

Justine (im Großvaterstuhl am Fenster, die Bibel auf dem Schooß, die Hornbrille in der Hand, sieht vor sich hin). Marianne (auf dem Sopha, an einem Briefe schreibend).

Marianne
(setzt die Feder ab, sieht auf).

Wie, Mütterchen? Nicht schreiben soll ich ihm,
Was du gethan für ihn? War's auch umsonst,
Den armen Vater wird's doch immer freun,
Daß du so tapfer für ihn eingetreten.

Justine.

Den Vater freun? Nee, Kind, das glaub nur nicht!
Denn erstens — hat er mir nicht anbefohlen,
Sein Haus zu hüten? Und ich rannte fort
Und ließ dich vierzehn Tage lang allein.

Marianne (lächelnd).

Nun das — es hat mich Niemand weggetragen,
Und Alles steht noch auf dem alten Fleck.

Justine.
Doch daß ich überhaupt zum König bin
Und gar 'nen Fußfall that — nee, das verzeiht
Mir mein Herr Rath all seiner Lebtag' nicht.
Es säh' ihm aus, als hielt' ich ihn für schuldig.
Na, so ein bischen ist er's doch man auch.
Vorm König hab' ich's ja nicht zugestanden,
Das aber glaubt er nicht, und Gnade — nee,
Die will er nicht. Er will gerichtet sein.
Wo aber steht geschrieben, was das Recht ist?
Nicht mal hier in der Bibel. Wirst du glauben,
Das ganze Buch der Richter las ich durch
Und fand Nichts drin, was paßt auf meinen Herrn.
Wenn's aber da nicht steht, wo soll man's suchen?

Marianne (steht auf, traurig).
O Mütterchen, auch ich hab' in der Schrift
Nach Trost gesucht und fand im Buche Ruth:
„Wo du hingehst, da will auch ich hingehn,
Dein Volk ist mein Volk, dein Gott ist der meine."
Da konnt' ich mich der Thränen nicht erwehren;
Ach, so zu sprechen wird mir nie vergönnt!

Justine.
Kommt Zeit, kommt Rath. Obschon — dein schöner
                                          Lieutnant —
Hübsch war das nicht von ihm, so kurz und knapp
Mich abzufert'gen. Na, sie hatten Alle
Den Kopf voll Kriegsgeschichten. Wer das nicht
Erlebt, der glaubt's nicht. Herr du meine Güte!
Am jüngsten Tag kann's ja nicht mörderlicher
Und doller zugehn. Immer mußt' ich denken:
Nur gut, daß mein Mariannefen nicht hier ist!

Für junge Frauenzimmer ist das Nichts.
Wenn ich dazwischen dachte, wie's wohl hier
Zu Hause steht, nu, dacht' ich, mein Herr Rath
Der sitzt in Nummer sicher. Wenigstens
Kann keine Kugel an den Kopf ihm fliegen.

Marianne.

Doch eine Wund' im Herzen, meinst du nicht,
Daß die noch weher thut? Und abgetrennt,
Von Allem, was er liebt — sie ließen mich
Ja nicht zu ihm, ich durft' ihm nicht einmal
Den Wein, den ihm der Arzt verordnet, bringen,
Den warmen Rock, die Schuhe —

Justine (steht auf).

Was? Nicht mal
Das bischen Leibesnothdurst gönnt man ihm?
Da muß ich hin, das leid' ich nicht! He Dörte!
(läuft nach der Thür.)
Wo steckt die Dörte?
(geht gegen die Mittelthür.)

Zweite Scene.

Vorige. (Die Thür wird geöffnet) Ellinger (tritt ein, hinter ihm) der Unteroffizier.

Marianne.

Heil'ger Gott! der Vater!
(eilt zu ihm hin.)

Justine.

Herr in dem hohen Himmel sei gelobt!
Der Weg wird mir erspart.

Unteroffizier.

Ich habe Ordre,
Herr Rath, in Ihrem Haus Sie abzuliefern.
Sie aber haben sich auf Ehrenwort
Verpflichtet, dieses Haus nicht zu verlassen.
Auch bleiben Wachen vor der Thür. Das Weitere
Vernehmen Sie in Kurzem.

(salutirt, entfernt sich wieder.)

Marianne
(den Vater leidenschaftlich umfangend).

Vater, o
Mein armer Vater, sind Sie's wirklich? Hab' ich
Sie wieder?

Ellinger
(sieht sich um, wie abwesenden Geistes, wankt mühsam nach dem nächsten
Sessel, sinkt gebrochen darauf nieder).

Justine.

Herr du meine Güte! So
Kommt mein Herr Rath nach Hause? Hab' ich's doch
Gedacht! Geschwinde, Kindchen, ein Glas Wein
Für deinen Vater!

(Ellinger macht eine abwehrende Bewegung.)

Wie? nicht mal ein Schlückchen?
Könnt' mein Herr Rath nur sehn, wie blaß er ist.
Kein Wunder! Vierzehn Tage eingesessen,
Keine Motion gemacht, am Ende gar
Nicht mal geheizt! So einen Ehrenmann —

Marianne
(neben ihm knieend, ihm angstvoll ins Gesicht blickend).

Wie fühlen Sie sich, lieber Vater?

(Ellinger schweigt.)

Justine.
                            Jesus!
Und wie die Kleider aussehn! Eine Sünd'
Und Schande, nicht mal täglich ausgebürstet!
Geh, Kindchen, hol dem Vater seinen Hausrock
Und seine Schuhe. Ist er umgekleidet,
Sieht mein Herr Rath gleich wieder menschlich aus.

Ellinger
(richtet sich auf, mit bitterem Ingrimm).
Menschlich? Was liegt daran! Was hab' ich noch
Zu schaffen mit der Menschheit? Die Bekannten,
Die sonst den Hut vor mir gezogen, jetzt
Rasch um die nächste Ecke bogen sie,
Und an den Fenstern wiesen mich die Mütter
Den Kindern: Seht! da kommt ein schlechter Mann!
Aus einem Kerker geht er in den andern,
Verfehmt, gebrandmarkt!

Justine.
               Kann sich mein Herr Rath
Das zu Gemüthe ziehn? Pfui auf die feigen,
Spottschlechten Menschen, die den besten Mann
Verläugnen, wenn er mal ins Unglück kam!

Ellinger (sich steigernd).
Sie haben Recht! Sie thun mir nach Verdienst!
Unglück? Das trägt sich leicht, wenn man im Innern
Sich keiner Schuld bewußt. Ich aber, ich —

Marianne.
O Vater, klagen Sie sich selber an
Um eines Opfers willen, das Sie brachten
Aus vaterländischem Gefühl?

Ellinger.
                    Du denkst
Zu gut von deinem Vater, armes Kind.
Wär' es nur das gewesen, jetzo trüg' ich
Die Stirne hoch. So aber —

Marianne.
                    Wie, mein Vater?

Ellinger.
Erst da er mich, der teuflische Verführer,
Bestach —
          Marianne.
          O Vater!

Ellinger.
            Ja bestach, mit dem,
Was höhern Werth als Gold für mich besaß,
Der ich von Eitelkeit verblendet, mich
Als Freund und Retter meiner Fürsten sah,
Nicht mehr als schlichten Diener —

Marianne.
                    Nein, mein Vater,
So kann ich Sie nicht reden hören, nicht
Den reinsten Trieb in Ihnen so verdächt'gen.
Betrügen nur entehrt. Betrogen werden,
Wo eine heil'ge Regung, eine Thräne
Der Dankbarkeit den klaren Blick uns trübt,
Das kann uns nicht erniedern vor uns selbst,
Und Niemand darf es uns zur Schande rechnen.

Ellinger (bitter).
Meinst du? Und doch — sie thun es, Alle, Alle!
Ich sah 's in ihren höhnisch kalten Mienen:

Da geht der Narr, der sich so groß gedünkt
In seiner Fürsten Gunst. Kommt er erst frei,
Gebt Acht, er wird sogleich nach Warschau reisen,
Den Ritterschlag vom König zu erflehn.
Was hindern ihn die thörichten Feinde nur,
Noch lächerlicher sich zu machen? Das
Wär' eine härtre Strafe, als zu karren
In Sträflingsketten! Oh, oh, oh!
(sinkt wieder zurück, bedeckt das Gesicht mit den Händen.)

Marianne.
Justine,
Hilf du! Es spaltet mir das Herz.
(lehnt ihren Kopf an die Schulter der Alten.)

Justine (kopfschüttelnd, leise).
Hier kann
Nur unser Herrgott helfen und die Zeit.

Dritte Scene.
Vorige. Dietrich (durch die Mitte).

Dietrich.
Ei schönen guten Tag, mein werthgeschätzter
Herr Rath, Mamsell Marianne, liebe Jungfer
Justine! Alle wieder ganz pläsirlich
Beisammen? Was man nicht erlebt! Ja ja,
Nee nee, das ist ja 'ne besondre Freude,
Ich bin bloß hergestürzt, gehorsamst meinen
Freundnachbarlichen Glückwunsch —
(stockt, sieht Einen nach dem Andern an.)
Doch Sie lassen
Ja All' die Köpfe hängen? Sind wohl noch
Ein bischen dumm und mauserig, Herr Rath,

Vom langen Stillesitzen. Vierzehn Tage
Profoßenkost und die Gemüthsbewegung,
Weeß Gott, das bringt 'nen Hercules herunter.
Nicht Jedermann prästirt, was meine Jungfer
Gevatterin. Herr Gott von Strambach, was
Hat Die inzwischen durchgemacht und doch
Jetzt munter wie ein Wiesel.

    Justine (macht ihm Zeichen).
        Laßt mich doch
Man aus dem Spiel, Gevatter!

    Dietrich.
        Nee, Herr Rath,
Sie hätten Ihre Freude dran gehabt,
Wie Die sich aufgeführt. (zur Alten) Warum denn schweigen?
Ganz wie 'ne richtige alte Römerin,
Trotz Hundewetter, Krieg und Rheumatismen,
Und nie gejammert, war der Kaffee auch
Kaum zu genießen mehrschtendeels. Und erst
Wie sie vorm König stand —

    Justine.
        Gevatter, hört
Ihr endlich auf? Ihr schwatzt wie 'n altes Weib.

    Ellinger
  (ist aus seiner Versunkenheit aufgefahren).
Vorm König? Welchem König? Ihr, Justine?

    Dietrich.
Vor Wem denn sonst, als vor dem großen Fritz?
    (zu Justine)
Macht mir nur Augen, nee, ich sag' es doch:
Ihr hattet eine Zunge wie ein Schwert,

Haarscharf, trotz Potentaten und Gen'rälen,
Und hab' dem König selber Nichts geschenkt.
Der hat es hören müssen, mein Herr Rath,
Wie ungerecht man Sie tractirt, ja wohl!
Und wie's ihm selbst, dem König, schmecken würde,
Wenn's ihm passirte, daß ein treuer Mann,
Der ihm ein bischen Geld zuschanzen wollte,
Drum auf die Festung käm'. Da konnt' er Nichts
Drauf sagen, bloß 'ne große Prise nahm er,
So aus Verlegenheit, und sagte was
Zu Gen'ral Zieten, was ich nicht verstand,
Weil er zu rasch und auf Französisch sprach,
Doch böse war er nicht. Herrjesesnee,
Es war Sie admirabel!

    Ellinger.
      Was erfahr' ich?
Justine, ist es wahr?

    Justine.
      Ja, mein Herr Rath,
's ist leider wahr. Ich dacht' es gut zu machen,
Und werd' mich nu mein Lebtag schämen müssen,
Wie dumm ich's angestellt: so'n alter Mensch,
Und noch so tappig!

    Ellinger (aufgeregt).
      Wie? Beim König wart Ihr,
Um Gnade?

    Justine.
    Nicht um Gnade, mein Herr Rath,
Nur um Gerechtigkeit. Da aber bin ich
Schön angekommen. Na, das Haus hier wußt' ich
Zwar gut versorgt. Doch biß mich mein Gewissen,
Weil mein Herr Rath mir's eigens anvertraut,

Und wenn er jetzt mich schelten will, ich hab's
Ja wohl verdient, bin meiner Pflicht entlaufen.
Nur freilich, manchesmal steht rechts und links
'ne schwere Pflicht, die zerren so an uns,
Daß man nicht weiß, wohin zuerst sich wenden.
Da wird uns unser Herrgott wol verzeihn,
Wenn wir dahin gehn, wo's am stärksten zieht.
Und so hat mein Herr Rath ja auch gethan,
Als er nach Warschau wollte.

    Ellinger (erschüttert).
       O Justine,
Ich schelten — dich, das bravste, treuste Herz!

    Dietrich.
Das ist sie auch, weeß Gott! Noch tagelang
Könnt' ich davon erzählen. Aber jetzt —
Ich habe noch 'ne andre Commission.

    Ellinger.
Und Ihr habt sie begleitet?

    Dietrich.
      Ja, Herr Rath
's war mir 'ne Ehre, na und 's ist dabei
Für meine Scheere auch was abgefallen.
Davon ein andermal. Jetzt sollt' ich nur
Anfragen — nämlich wie ich herkam, stand
Am Hausthor unten ein bekannter Herr,
Der da auf Gen'ral Zieten wartete.

    Justine.
Auf Gen'ral Zieten?

Dietrich.

    Wißt Ihr denn noch nicht?
Sein' Excellenz kam heut vor Thau und Tage
Hiehergeritten, und vor Abend soll
Er wieder fort, zum Heer. Inzwischen aber —
So sagte mir der Herr — na warum soll
Ich ihn nicht nennen — Rittmeister von Marwitz —

   Marianne.
O Gott!
   Justine.
 Rittmeister?

   Dietrich.
     Ja, als Lieutnant focht er
Bei Hochkirch mit und zwar so mit Bravour,
Daß er schon andern Tages avancirt ist.
Na also Der, wie ich ihn fragte: Ei
Herrjeses, Herr Rittmeister, warum stehn Sie
Hier auf der Straße? Woll'n Sie nicht ein bischen
Hinauf mit mir? Ein alter Hausgenosse —
Sie können oben ja commoder warten —
Da wurd' er blaß und roth und stotterte,
Er fürchte, dem Herrn Rath sei's unwillkommen —
Na und so Sachen mehr. Ich bot ihm an,
Zu fragen. Wenn er kommen dürfe, woll' ich
Da aus dem Fenster winken —

   Ellinger (finster).
      Dieses Haus
Ist nicht mein eigen mehr, ich selbst darin
Nur ein geduldeter, gefangner Gast,
Der Niemand mehr den Eintritt wehren kann.

Dietrich
(sieht auf Justine, die ihm heimlich ein bejahendes Zeichen macht, geht dann an das Fenster).
Da steht er noch. Nu kuckt er 'rauf, der Arme!
(winkt mit dem Taschentuch.)
Es hat ihn auch ein bischen mitgenommen.
's war ja 'ne Mordsschlacht — (da Marianne zusammenfährt)
Nee, Mamsell Marianne,
Verwundet ist er nicht, und überhaupt,
Wer mal dabei war — ich kann davon reden —
Die erste halbe Stunde ist die schlimmste;
Hernach verliert man die Manchetten ganz
Und zuckt nicht mal, wenn rings die Kugeln pfeifen.

Vierte Scene.

Vorige. Marwitz (tritt ein, bleibt an der Schwelle stehen. Er trägt ein blaues Actenheft unterm Arm).

Marwitz (stockend).
Herr Steuerrath, ich hätte nicht gewagt,
Hier einzutreten, da mein Anblick Ihnen
Verhaßt — doch ein ausdrücklicher Befehl
Von meinem Chef, dem Herrn Gen'ral von Zieten,
Der mit der Untersuchung Ihrer Sache
Von Seiner Majestät betraut —

Ellinger.
Entschuld'gung
Ist nicht am Platz, wo die Gewalt regiert,
Und ein Gefangner darf den Kerkermeistern
In seine Zelle nicht den Zutritt wehren.
Doch bis der Richter hier erscheint, gestatten
Sie wohl dem Häftling sich zurückzuziehn.
(geht, sich hoch aufrichtend, nach links ab.)

Marwitz
(hat auf Marianne geblickt, die von ihm abgewendet steht, seufzt schmerzlich
auf, nähert sich dann Justinen).

Justine, liebe alte Freundin, o
Wie glücklich bin ich, Euch gesund zu finden
Nach allen Schrecken jenes furchtbarn Tags.
Ihr glaubt nicht, wie ich mich gebangt um Euch,
Wie gern ich selbst —

Justine.
So? habt Ihr Euch gebangt?
Na, angemerkt hat man's Euch grade nicht.
Es ist schon gut, ich weiß jetzt, was ich weiß.

Marwitz.
Und du, Marianne? Keinen Blick, kein Wort?
So gänzlich ausgelöscht in deinem Herzen?
(Pause.)

Justine
(sieht scharf auf Marianne, wendet sich dann zu Dietrich).
Gevatter,
Ich hätt' Euch was zu zeigen. Kommt doch mal
Mit mir in meine Stube.

Marianne.
Bleib, Justine!
Nichts hab' ich Herrn von Marwitz zu vertraun,
Was ich nicht schon gesagt beim letzten Mal.
Er selbst — müßt' er von mir gering nicht denken,
Wär' jetzt für andere Gefühle Raum
In meiner Brust, als für das Herzeleid
Um meinen Vater? Neben ihm nur ist
Mein Platz — und so verzeihn Sie wohl — ich muß
Jetzt nach ihm sehn, ob er nicht mein bedarf.
(neigt leise den Kopf, geht nach links ab.)

Fünfte Scene.
Marwitz. Justine. Dietrich.

Marwitz.
Gott, Gott! Ist's möglich? So verwandelt? So
Wie von mir abgetrennt durch Himmelsweiten,
Und wenig Tage nur zurück, Ein Herz
Im andern!

Justine.
Ja so geht's! Die Menschen sind
Wie's Wetter: heute schönster Sonnenschein,
Daß alle Creatur die Haut sich wärmt,
Und morgen friert man unterm Regenschirm.
Na freilich, wohl thut's Keinem, wenn er denkt:
Da ist ein Freund, an dem kann ich mich wärmen,
So zum Exempel Morgens früh um fünf,
Wenn man nicht aus noch ein weiß in der Fremde,
Und dann der Freund 'ne kalte Miene macht:
Bedaure! habe jetzt nicht Zeit —

Marwitz.
Justine,
Bei Gott, ich konnte nicht! Die eigne Mutter —
Ich hätt' ihr Hülf' und Rath versagen müssen,
Da ich im Dienst war.

Justine.
Nu, das merkt' ich ja.
Doch seht, auch das Marianneken hat Dienst,
Ist's auch man in Civil, bei ihrem Vater,
Und so ein Dienst geht Allem vor.

Dörte
(durch die Mitte hereinstürzend).
O Jungfer!
Da unten — auf der Straße — Jemersch nee!

Justine.
Was giebt's denn wieder, daß du wie nich klug
'reinplatzest?

Dörte.
Seh' Sie bloß hinaus! Die Straße
Ist schwarz von Menschen — ein Gen'ral zu Pferde —
Er reitet grad' auf unsre Thüre los —
Am Ende will er zum Herrn Rath —

Dietrich (der ans Fenster getreten).
Wahrhaftig,
Gevattrin, Euer Junker ist's.

Justine.
Was Junker!
Nee! 's hat sich ausgejunkert.

Marwitz.
Nutzen Sie
Die Frist, es dem Herrn Rath ans Herz zu legen,
Den General durch Starrsinn nicht zu reizen.
Ich weiß, er ist zur Milde aufgelegt,
Doch auch der Jähzorn wandelt leicht ihn an.
Er kommt, ich führ' ihn her. (eilt hinaus.)

Justine.
Jähzornig ist er?
Das braucht mir so ein Jüngling nicht zu sagen.
Ich weiß schon längst am besten, wie er ist.
Doch den Herrn Rath auch kenn' ich. Zwei Starrköppe
Wenn die zusammenplatzen, da giebt's Funken.
Ich kann nur beten: Gott der Herr bewahr' uns
Vor einem großen Brand!

Sechste Scene.

Justine, Dietrich, Dörte (läuft nach der Thür, öffnet sie und eilt ab).
Zieten und Marwitz (treten ein).

Zieten.
Da wären wir
'mal wieder hier im Hause Ellinger,
Wie vor zwei Jahren, steht auch Alles noch
Am alten Fleck, und richtig, auch das alte
Hausmöbel, die Justine. Na, wie geht's,
Altes Jesichte?
(Justine knixt, sieht aber von ihm weg.)
Immer noch mobil?
Doch nein, ich merk's: 's ist nicht die Alte mehr.
Die pflegte sich zu freuen, wenn ich kam.
Doch die Person da trägt nur ihre Haube,
Hat nicht ihr gut Gemüth, will ihren Junker
Hans Joachim von Zieten nicht mehr kennen.

Justine (knixt wieder).
Pardon, Excüse, Herr Gen'ral, man weiß,
Aus Kindern werden Leute, und man weiß
Auch, was man großen Leuten schuldig ist,
Und wenn der Herr Gen'ral geruhen will
Hier Platz zu nehmen —
(trägt mit Dietrich's Hülfe den Großvaterstuhl aus der Nische herbei.)

Zieten (zu Marwitz, lachend).
Blitz! Das alte Mädchen
Ist kurrig. Na, das konnt' sie manchmal auch
Vor fünfzig Jahren sein, indessen hielt's
Nie lange vor. (setzt sich behaglich.)
Nu sage mal, Justine,
Wie ist denn die Bataille dir bekommen,
Du tapfrer Kriegskamerad?

Justine.

     J nu, so ziemlich,
Danke der Nachfrag'. Zwar, das Trommelfell
Wär' von dem schauderhaften Kanoniren
Mir fast geplatzt, und Durst und Hunger litt ich
Wie all mein' Tage nicht. Im Uebrigen
War's freilich man ein mäßiges Pläsir,
Und wie mein Herr Gen'ral sich den Beruf
Hat wählen können — mit Respect zu melden,
Das scheint mir ganz verrückt.

Zieten (lacht).

     Ja, alte Seele,
Für eine siebzigjährige Rekrutin
Ging's wohl ein bischen scharf und hitzig zu.
Doch glorreich zog sich Seine Majestät
Aus der Affaire. Trotz der Uebermacht
Und sehr unvortheilhaften Stellung schlugen
Wir uns nach Schlesien durch. Der König hält
Die Schlüssel der Provinz neu in der Hand,
Als ob's ein Hochkirch nie gegeben hätte,
Und Jeder, der dabei war, hielt sich wacker,
Auch meine alte Freundin.

Justine (immer sehr zurückhaltend).

     Excellenz
Beehrt mich da mit einem schönen Titel,
Den ich mir anzuziehen kaum getraue.
Denn Freunde, wie man weiß, sind rar, zumal
Freund' in der Noth. Man soll auf keinen rechnen.
Ein Freund steigt immer höher, und den Andern,
Der unten bleibt, den kennt er dann nicht mehr.

Zieten.
I was du sagst! Ich habe stets gedacht,
Gut sei's, die alten Freunde warm zu halten,
Wie du mit mir gethan. Die wollne Jacke
Und deine Socken — ohne die — wer weiß —
Hätt' mich der Feind verschont, die alte Feindin,
Die Gicht hätt' längst schon mit mir aufgeräumt.

Justine (plötzlich lebhafter).
Ist's wahr? Hat meinem Junker — nee, Excuse! —
Dem Herrn Gen'ral das alte Mädchen was
Zu Liebe können thun? Na wartet man,
Bald kommt das andre halbe Dutzend nach,
Und wenn die aufgebraucht sind —

Zieten.
      Möchtst du mich
Wohl lieber ganz in Wolle wickeln? Nee,
Justineken, abhärten muß man sich
Im Feld, und friert man manchmal Stein und Bein,
Kann man ja auch den innern Menschen wärmen.
Dein Kirschengeist —

Justine.
    Herr Gott, ich dummes Thier,
Nicht daran gleich zu denken!
(läuft nach einem Schrank.)

Zieten.
      Nein, nicht jetzt.
Jetzt sind wir in Geschäften hier. Wer ist
Denn dort der Biedermann?

Dietrich.
    Herrn General zu dienen,
Mein Nam' ist Dietrich, ehmals Hofkonditor,

Gevatter der Justine, jetzo brodlos,
Indem ich meine Zeit mit allerlei
Brodlosen Künsten — die Gevattrin weiß —

Justine.
Er schneidet Schattenrisse aus Papier,
Ganz kenntlich —

Dietrich.
Wenn ich unsern hochverehrten
Herrn General — weeß Gott, nur fünf Minuten —
(zieht Scheere und Papier heraus.)

Zieten.
Nicht solche Späße jetzt! Wir haben hier
Gericht zu halten. Ruf' mir deinen Herrn!
Ihr könnt, Herr Hofkonditor, meinethalb
Dem Act beiwohnen. Möglich, daß wir uns
Auch Eures Zeugnisses gebrauchen werden.
Wird's nun, Justine?

Justine.
Herr du meine Güte,
Nun wird es Ernst! Mein gnädigster Gen'ral,
Bedenkt —

Zieten.
Still, Alte! Alles ist bedacht.
Macht Euch zum Schreiben fertig, Marwitz. Dort
Liegt ja das Nöthige.

Marwitz
(für sich, indem er sich auf das Sopha setzt).
Gott! ihre Handschrift!
Ein Brief an ihren Vater —

Justine
(mit Geberden der Angst und Unruhe, geht nach der Thüre links, öffnet sie, spricht hinein).

Der Herr Gen'ral von Zieten wären da,
Und wünschten den Herrn Rath —
(tritt zurück, läßt Ellinger, auf Marianne's Arm gestützt, eintreten.)

Siebente Scene.

Vorige. Ellinger, Marianne. Dietrich (hat sich rechts hinter den Nähtisch, auf den Antritt kauernd, zurückgezogen, schneidet Zieten's Silhouette, doch so, daß er nicht damit auffällt).

Zieten.
Potz Wetter, Marwitz,
Ihr habt — bei meiner Seele! — keinen schlechten
Geschmack.
(Marwitz beugt sich auf seine Acten und schweigt, wagt Marianne nicht anzusehen.)

Zieten.
Der Inculpate kann sich setzen.
Justine, einen Stuhl!

Ellinger (finster).
Ich kann auch stehn.

Zieten.
Nein, er kann nicht stehn. Seine Kniee zittern.

Ellinger.
Doch nicht aus Furcht.

Zieten.
Nu ja, aus Leibesschwachheit.
(Justine bringt dem Rath einen Stuhl.)
So! setzt Euch! Auch dem Fräulein einen Stuhl!
Und jetzt zur Sache. — Bleibt der Inculpat

Bei dem, was im Verhör er ausgesagt
Und aufgezeichnet steht im Protokoll?
(Ellinger nickt.)
So können wiederholter Vorlesung
Wir uns entschlagen. Rittmeister von Marwitz,
Schreibt: „Steuerrath Christian Ellinger, nach Namen,
Stand und Wohnort mir bekannt, ist vor mir, dem
von Seiner Majestät dem Könige von Preußen mit der
Untersuchung und Urtheilsfällung bevollmächtigten Ge=
nerallieutenant Hans Joachim von Zieten erschienen
und erklärt, daß er alle seine Aussagen de dato" —
seht das Datum nach. Habt Ihr's?

Marwitz.
Am 9ten des October, Herr Gen'ral.

Zieten.
Gut! (dictirt:) — „alle seine Aussagen aufrecht halte. Auf=
gefordert zu erklären, was er etwa zu seiner Defen=
sion des Weiteren vorzubringen habe, erklärt Inculpat" —
Erklärt? — erklärt? — Nun, in Dreiteufels Namen,
Was hat der Inculpate zu erklären?

Ellinger.
Nichts.

Zieten.
Nichts? Rein gar nichts? Straf' mich Gott! Das ist
Verteufelt wenig. Seine Sache wird
Dadurch nicht besser, wenn sich Inculpat
Verstockt. Hingegen wären wir geneigt,
Gebührend in Consideration zu ziehen,
Was etwa sich an Mildrungsgründen fände,
Dafern sich Inculpate seiner Schuld
Bewußt und Reue ob des Vorgefallnen
Bezeigen möchte.

Ellinger.
        Reue? Nimmermehr!
Was ich gethan, um meinem Landesherrn,
In Treuen beizustehn, wird mein Gewissen
Sich niemals lassen zum Verbrechen stempeln.

Zieten.
So? Meint der Inculpat? Das klingt recht schön,
Sind aber faule Fische.

Ellinger (heftig).
        Herr General —!

Zieten.
Ruhe! Wär' Inculpate nicht Partei
In eigner Sache, müßt' er selber einsehn:
Der schlechten Sache Treue halten, ist
Kein feiner Ruhm.
        Ellinger.
        Die Treue klügelt nicht.

Zieten.
Doch sollte sie die Augen offen halten.
Denn es giebt Landesherrn und Landesherrn,
Solche, wie König Friedrich, die allzeit
Die ersten Diener ihres Landes sind,
Und solche, die ihr Land in schwerer Noth
Im Stiche lassen.
        Ellinger.
        Weil ein harter Feind
Sie vergewaltigt.
        Zieten.
        Ja, doch mit Manier.
Zwar Krieg ist Krieg. Doch wird er nicht von uns
Geführt mit Menschlichkeit, nicht jedes Brod

Und Juder Heu, das requirirt wird, baar
Bezahlt? Und wenn es nicht so bleiben sollte —
Leute, wie Inculpate, trügen dann
Die Schuld. (erhebt sich, da Ellinger betroffen aufsieht)
     Ja, mein Herr Rath, Leute wie Ihr,
Die an den Landesherrn so treulich denken,
Daß sie des Landes drüber gar vergessen.
Wie? oder ist nicht Sachsen besser dran,
Seit stramme preuß'sche Zucht und Disciplin.
Hier eingeführt, als da noch ein Minister
In seine Tasche steckte, was der Hof
Mit üpp'gem Saus und Braus noch übrig ließ?
Drum nahm mein allergnädigster Monarch
Die sächsischen Beamten neu in Pflicht,
Das Land vor größerm Unheil zu bewahren,
Wenn Jeder nach wie vor getreu und redlich
Des Amtes waltete. Sahn das nicht auch
Die Meisten ein und dünkten sich darum
Nicht schlechtre Patrioten, ob sie auch
Dem Grafen Brühl nicht mehr die Tasche füllten?
    (schweigt einen Augenblick.)
Sieht nicht auch Inculpat das endlich ein?
Er hat doch, mein' ich, sonst sein sächsisch Herz
Stets auf dem rechten Fleck und seinen hellen
Verstand gehabt.
    Ellinger
 (ist mehr und mehr in sich zusammengesunken).
 (mühsam) Herr — General —

   Zieten (setzt sich wieder).
         Na, 's ist
Schon gut. Das Licht, das ich ihm aufgesteckt,
Mag ihm ein wenig in die Augen beißen,
Doch wird er jetzt von keinem Irrwisch mehr

Sich blenden und in Sümpfe locken lassen
Durch falsche Vorspieglung?

    Ellinger (dumpf).
        Erinnern Sie
Mich nicht an meine schmählichste Verirrung,
Herr General!
    (drückt die Hände vors Gesicht).

    Zieten.
     Schämt sich Herr Inculpat?
Na, das ist brav von ihm. Kein Ehrenmann
Braucht so rechtschaffner Scham sich je zu schämen.
Und also, Marwitz, schreiben Sie:
„Maßen der Inculpat in sich geht und bekennt, daß
er unrecht gehandelt, auch gelobt, hinfüro zu so thörichter
als sündhafter Handlungsweise sich nie mehr verleiten
zu lassen" — haben Sie?

    Marwitz.
    — „verleiten zu lassen" —

    Zieten.
„als haben Se. Majestät in Gnaden geruht, gedachten
Steuerrath Ellinger in sein Amt wieder einzusetzen, in
dem festen Zutrauen, daß Selbiger ins Künftige
seiner Charge gebührend wahrnehmen und, was ihm
oblieget, fleißig und treulich exequiren werde."

    Marianne.
Vater! O lieber Vater! (umarmt ihn.)

    Ellinger (erschüttert).
     Herr General —

Zieten.
Haben Sie „exequiren werde"? (Marwitz nickt.)
Schön.
Weiter! „Denn Se. Majestät haben als mildernden
Umstand zu regardiren geruht, daß besagter Rath
Ellinger aus loyaler Devotion und Anhänglichkeit sich
hat verbunden erachtet, seiner hochseligen Frau Kur=
fürstin vermeintlichen letzten Willen zu respectiren.
(rascher und mit etwas leichterem Ton) Haben zugleich einer
gewissen Jungfer Justine Zanders, deren Bravour
und intrépidité Sie hochschätzen, den Beweis liefern
wollen, wie daß Hochdieselben gegen das Frauenzimmer
nicht immer so barsch und ungalant seien, wie am Morgen
vor einer Schlacht, sondern es Ihnen zu aparter Satis=
faction gereicht, wo es mit dem Staatsinteresse nicht col=
lidiret, die Bitte einer treuen Dienerin zu gewähren."
Das braucht nicht auch protokollirt zu werden.

Marwitz.
Ist aber schon geschehn, Herr General.

Zieten.
Na, schadet auch Nichts. Bist du nur zufrieden
Mit deinem alten Junker, altes Mädchen?

Justine
(will sprechen, die Thränen hindern sie, sie hascht nach Zieten's Hand, sie
zu küssen, er entzieht sie ihr und streichelt ihr das Gesicht. Dietrich
eilt hinaus).

Zieten.
Du kannst dem Tag von Hochkirch dankbar sein.
Denn hätt' ich damals meinem König nicht
Ein bischen aus der Patsche helfen können,
Er hätte mir und meiner alten Wärt'rin

Sich doch vielleicht so gnädig nicht bezeigt.
Na, habt Ihr's, Marwitz?

Marwitz.
Zu Befehl. Nur noch
Die Unterschriften.
Ellinger
(der sprachlos in Marianne's Umarmung gestanden, will zum Tische gehen).

Zieten.
Halt, Herr Steuerrath!
Der König knüpft an seine Gnade noch
Eine Bedingung.
Ellinger (betroffen).
Welche, Herr General?

Zieten.
Da Seiner Majestät zu Ohren kam,
Daß einer seiner Offiziers in Dresden,
Trotz schärfster Ordre, Nichts sich anzueignen,
Gleichwohl sich schuldig eines Raubs gemacht
Und zwar im Haus, wo er Quartier gehabt —

Marwitz (bestürzt).
Herr General —

Zieten (ohne auf ihn zu hören).
— des Herzens eines Fräuleins
Sich hat bemächtiget, was mit der Strenge
Der Kriegsartikel scharf zu ahnden wäre —
So wünschen gleichwohl Seine Majestät,
Daß ihn der Vater der besagten Jungfrau
In Gnaden pardonnire und sich willig
Erkläre, die Entschäd'gung anzunehmen,

Die der Beraubten mit des Räubers Hand
Geboten wird. — —
            Hat gegen diesen Nachtrag
Des Protokolls Herr Rath was einzuwenden?
                    (Pause.)

           Ellinger
        (ausbrechend, nach schwerem Kampf).
Führt mich zurück in meine Haft! Doch dies,
Dies kann ich nicht bewilligen!

        Zieten.
             Schwerebrett!
Ihr — könnt nicht? So viel Gnad' und Affection
Und könnt nicht? Ist nicht eine Lieb' nnd Gnade
Der andern werth?

        Ellinger.
             Und doch — es ist unmöglich!
Es würde mir mit Recht gedeutet werden,
Als hätt' ich meine Wiedereinsetzung
Ins Amt erkauft um diesen Preis. In meiner
Landsleute Augen, in der eigenen Achtung
Erschien' ich mir erniedrigt.

        Zieten.
             Himmelkreuz!
Ein so heilloser sächs'scher Starrkopf! Bleibt's
Dabei, Herr Rath?

        Ellinger.
             So sehr das Vaterherz
Mir blutet, ja! Ich kann nicht anders!

        Marianne.
                    Vater!

Zieten.
Ihr könnt nicht? Nun denn, Marwitz, schreiben Sie!

Marwitz.
Dürft' ich mir zu bemerken wohl gestatten,
Herr General —

Zieten.
Nein, in drei Teufels Namen,
Zu schreiben haben Sie!
„Maßen der Inculpat" —

Justine.
Excüse, Herr Gen'ral, ich hätte auch
Noch was zu sagen. —

Zieten.
Du? Na was? Mach fix!

Justine.
Daß nämlich diesmal mein Herr General
Sehr Unrecht hat und mein Herr Rath sehr Recht,
Wenn von der Heirath er nichts wissen will.

Marianne.
Auch du, Justine?

Zieten.
Himmelkreuz!

Justine.
Ja wol,
Es muß dem Vater an die Ehre gehn,
Als sächsischer Beamter jetzt 'nen Preußen

Zum Schwiegersohn zu haben. Hätt' ich selbst
Vor fünfzig Jahren, wenn mein Bräutigam
Als Occupation nach Wustrau kam,
So sehr er mir gefiel, ihn da genommen?
Nicht um die Welt! Doch freilich — Zeit bringt Rosen.
Und will uns unser Herrgott gnädig sein
Und macht dem schauderhaften Krieg ein Ende,
Daß, die sich heut wie wilde Bestien
Zu Leibe gehen, wieder menschlich werden
Und dann ein braver Preuße um dich anhält,
Dann wird sich mein Herr Rath nicht erst die Tressen
An seiner Uniform besehn, dann wird er
Aufs Herz sehn und ihm sagen: Herr Major,
Sie sind ein Ehrenmann. Ich weiß, Sie werden
Mein Kind gut halten — na, da nehmen Sie's!

(Kleine Pause.)

Wird mein Herr Rath dann anders sprechen? Nee,
Das trau' ich ihm nicht zu. Dafür hat er
Sein Herzblatt doch zu lieb.

Marianne (umarmt sie).
O Mütterchen!

(Ellinger steht erschüttert, reicht dann Justine die Hand.)

Zieten.
Du bist ein Prachtstück von 'nem Frauenzimmer!
Den Knoten hätt' ein Salomo nicht besser
Auflösen können. Na, Herr Rath, wie ist's?
Auf die Bedingung, denk' ich, geht Ihr ein.

Ellinger.
Wie könnt' ich noch mich weigern!

Zieten.

Na dann kommt
Und unterschreibt!
(Ellinger geht an den Tisch, Marwitz giebt ihm die Feder, er unterschreibt,
giebt sie dann Zieten. Marwitz nähert sich Marianne, die ihm
beide Hände reicht.)
„Hans Joachim von Zieten!"
Ihr müßt nun gleich zum Gouverneur, Herr Rath,
Und Euch zum Antritt Eures Amtes melden.
Jetzt, Alte, wirst du doch zufrieden sein?

Justine.

Bloß noch 'ne Kleinigkeit, mein gnäd'ger Junker.
Schön wär's, mein Herr Gen'ral nähm' den Herrn Rath
Jetzt untern Arm und ging' mit ihm zu Fuß
Zum Gouverneur, der ganzen Stadt zu zeigen,
Daß er in Ehren wieder eingesetzt.
Denn wenn ein großer König Gnade übt,
Muß sie complet sein und das letzte Stäubchen
Abwaschen vom Begnadigten.

Zieten (lacht).

Da seht
Das alte Mädchen! Gouvernirt mich noch,
Als wär' ich ihrer Fuchtel nicht schon längst
Entwachsen. Meinethalb denn! Laßt uns gehn!

Dietrich (hereinstürzend).

Die Straß' ist schwarz von Menschen. Alle wollen
Den hochberühmten Gen'ral Zieten sehn.
(zieht die Silhouette vor.)
An dem da hatten sie doch nicht genug.

Zieten.
(faßt Ellinger unter den Arm).

Sie soll'n an meiner lieblichen Visage
Sich satt sehn. Kommt, Herr Steuerrath! Die Zeit
Ist hoffentlich nicht fern mehr, wo die Preußen
Auch auf dem Feld der Ehre mit den Sachsen
Schulter an Schulter gehn.

(wendet sich zum Abgehn.)

Justine (die Hände faltend).

Ja, darum wollen
Wir unsern Herrgott alle Tage bitten!

(Der Vorhang fällt.)